新潮文庫

京都スタイル

甘里君香著

新潮社版

7767

京都スタイル

はじめに　伝統が支える逞《たくま》しさ

五年くらい仕事を離れたくて東京から京都に移り、気がついたら十年以上たっていた。

来たばかりのころはお花見の時期にゆっくりと哲学の道を散歩できたのに、今年は人波に入る勇気がなくてすごすご引き上げた。ここ二、三年、とくに観光客が増えている。

そのかわりこの春、とんでもないものを見てしまった。

夕暮れ時、とくに期待もしないでライトアップされていた東山の圓徳院《えんとくいん》に入った。圓徳院はもともと、家康がねねのために伏見城《ふしみじょう》から建物と枯山水の庭を移築した住まい。間取りや材質に行き届いた美意識が感じられ、穏やかな気分で奥の座敷に足を踏み入れたその時。

一瞬でこの世からあの世に行ってしまった。

現実から心も体も滑って何を見ているのかさえわからなくて焦《あせ》った。

目の前には、潤沢《じゅんたく》な水のなかに庭園が広がっている。清らかさの極致の水中に草や木がそよぎ、雲が流れ、細い光の筋が揺れる。水の深さは無限としかいいようがない。わかっているのは、目の前の光景が信じられないくらい綺麗《きれい》だということだけ。

縁側の床を見ているのだと気づくのにどのくらいかかったのだろう。広い縁側には、一センチほどの厚みの黒いガラス板か鏡のようなものが敷かれていた。座敷に入った瞬間、本当の庭ではなくその板に映った風景だけを眺めたのか、それとも両方を眺めたのかは記憶にない。

幽玄の世界が本当にあることを生まれてはじめて知った。

その思いを伝えたくて、後日、圓徳院の後藤典生住職に電話をしてみた。

感想を話すと、それが「うつしこみ」という室町《むろまち》時代に誕生した技法であり、金閣寺の天井画も漆《うるし》の床にうつしこまれたものを鑑賞するように作られていると教えてくれた。

なんとガラス板か鏡と思い込んでいたものは、漆黒の漆の板だった。あの時私は板を撫《な》でた。感触はまさに磨き抜かれた鏡面。あの滑らかさを漆で表現できる伝統技術の高さに驚く。高名な蒔絵師《まきえし》に頼み、一畳の大きさのものを数枚作ってもらったとのこと。そしてライトアップにあわせ、今年の春、はじめて縁側に置いたそうだ。

住職は語る。

「間接的に見たほうが多くのことがわかる。もともとは仏教の教えですけれど日本人の感覚にあっていたんでしょうね。これでもかと全部説明しないで、相手に感じさせる。枯山水の庭も間接的に見ることで、ただの庭ではない遥《はる》かに大きな存在になる。それこそが日本文化です。そうした現実を超えた存在をみんな求めはじめているのだと思いますよ」

京都への旅行者が急増している理由がわかった気がした。

「静寂は本当は自分の心のなかにある。だからわざわざ京都まで来る必要ないのと違うやろか。銀座の雑踏を歩いていても心に静けさを保つことはできる。山のなかに籠《こも》っても喧《やかま》しいこともある。そうした禅問答みたいな考案を、例えばライトアップを使って仕掛けられたらと。まだまだ途上ですけども」

静けさも幽玄の世界も本当は心のなかにあるもの。けれどそんなことすっかり忘れて暮らしている。でも心の奥のどこかが、思い出すきっかけが京都にある、と教えているのかもしれない。

こんな洗練の極に出会える京都。そして暮らしてみるとあまりに洗練からかけ離れた場面を見てしまう京都。

ある日その二面性が不思議で、とうとう京都人に聞いてしまった。

「何でそんなに人の悪口ばかりいうんですか」

大の大人が真剣に、時としてじつに爽快そうに陰で悪口をいう。瑣末《さまつ》なことをあげつらって、悪口をいい合う濃密な時間を心底慈《いつく》しんでいるのだ。

面と向かって聞かれた立派な老舗のあるじは、少し考えてこう答えた。

「人がようなるのを良しとせんのや」

びっくりしてしまった。正直なんで。でも誰でもそうだ。うまいことをした人間を見て気分がいいわけない。

けれど東京の人間なら、ぐっと堪えておくびにも出さない。そして溜《た》め込《こ》んだ思いを、立場の強い人なら弱い人に向け、それができない人は鬱屈《うっくつ》するだけか。京都人のほうが健康的だ。

悪口で批判精神を鍛えながら暮らす京都人は、もちろん人からの批判など一撃でかわす技も身につけている。

煮しめたような色の襖紙《ふすまがみ》、擦り切れた畳、百年間一度も塗り替えない土壁、雛人形《ひなにんぎょう》に敷かれた色褪《いろあ》せてぜんぜん赤くない毛氈《もうせん》。町家の住人は、もしそれを他人から笑われたら、「全体の雰囲気にようおうてる」「こんなええもん、いまでは手に入りよらへん」「黒光りしてようなった」「実家の毛氈もこういう色やったし」と見事な一本で切り返す。

葵祭《あおいまつり》では、地元の女性数人が「見てみい、あの馬。瘦《や》せてるなー」と馬にまで悪口をいい、自分たちの前に出た若い女性に「あとから来て正面に並ぶやなんてずるいわー。そこの背《せ》えの高い人のことや」といって最後にはとうとう傘の柄で背中を突いたのを見てしまった。

千二百年の歴史、しっかりした伝統文化、そこに暮らし続けた人間たちの意地や知恵の積み重なりが京都人の逞しさを作り上げているように思う。他所にはない濃厚な空気に支えられ、安心して自分を押し出して楽しんでいる。
京都人の生活には、自信をなくした日本人の手本が隠されていそうだ。

目次

1　わたしがよければそれでいい

蓋《ふた》違いの急須《きゅうす》には勝てない

京都の人はおしゃべりだ。

東京ならちょっと微笑《ほほえ》んで黙礼するような場面でも、何かひとことふたこと言葉を交わす。

「暑いなあ」

「かなんわあ」

「どちらまで行かはるん」

「鱧《はも》のおとし買いに行こう思て」

など、話す内容はなんでもいい。

京都の夏は本当に暑い。

暑さの質がたぶんどこの地域とも違う。

同じ盆地でも、京都は地下の伏流水が潤沢なぶん、寒暖がさらに激しい。

その暑さを例えるとすれば「町全体が頭までつかる深い温泉」というしかない。歩いていると、手でお湯をかきわけながら前進している気分になる。

そして冬もまた、本当に寒い。底冷えどころか、底意地の悪い寒さ、とひそかに名付けている。地面から冷気が立ち上り、足首あたりからじわりと冷えが全身を襲う。

京都人の挨拶《あいさつ》好き、おしゃべり好きはそんな気候とも無関係ではないように思う。東京で夏だからといって会う人ごとに「お暑いですねえ」とはいいにくい。取って付けたような時候の挨拶は気恥ずかしい。

ところが京都は、夏は本当に暑いし、冬は本当に寒い。思わず誰かに共感を求めたくなるほど。

そのうえ京都は、毎日のようにお寺や神社に市が立ち、お祭りや行事もあって出歩くところに困らない。それで挨拶の後、二言三言がつくことになる。話題に事欠かない町なのだ。

暑い夏の京都がもっとも暑くなる八月の七日から十日にかけて、五条坂の陶器祭が催される。全国からの陶磁器で埋め尽くされる四日間だが、目当てはやはり京焼、清《きよ》水焼《みずやき》の掘り出し物ということになる。

京都でのはじめての夏のこと。最寄り駅の東福寺から京阪に乗り五条駅に下りた。

若宮八幡宮《はちまんぐう》や清水寺界隈《かいわい》の露店まですべて回るつもりだったが、五条通を五分も歩いたとき無謀だと悟った。まだ京都の暑さに馴《な》れていない体には、五条通の露店を二、三軒眺めては沿道の陶器店に飛び込み、しばらくクーラーの下で涼むという繰り返しだった。だが、じっくり吟味するのは無理とあきらめる気持ちを、掘り出し物という文字が打ち破る。暑さを忘れ、大きな箱に入った色柄も大きさもまちまちの器を選り分け夢中になってしまった。そのとき、

「この急須の柄ええなあ」

すぐとなりで声がした。

「ええやろー」

店の人が答える。

手描きで桔梗《ききょう》など涼しげな草花をあしらった清水焼の急須だ。

だけど蓋が付いていない。

箱の中には、ほかにも蓋なしの急須がいくつかあった。

いくらなんでも蓋なし急須を売ろうなんていい度胸、とあきれる。

でも「ええ柄やなあ」といったその人は急須を手放そうとしない。

そして箱の底のほうをさらに掻《か》き回していた腕を上げて、

「これもええなあ」

蓋を手にじっくり眺めている。

「蓋は十円にまけとくわ」

耳を疑った。

蓋も確かにいい品かもしれない。けれど急須とは似ても似つかない市松模様だ。

合わせてみるとサイズは不思議とぴたり。

すると、

「これもろうてくわ」

女性はおっとりそう宣言した。新聞紙で包んでもらった蓋違いの急須を買い物袋にしまい、「ありがとお」の声を背に、満足げな足取りで去っていく。

しばらく私は見とれていた。

次にちょっと悔しい思いが湧《わ》いてきた。

第一に買いっぷりが堂々としている。人目など気にしていない。

第二に、自分の審美眼だけで、別々の急須と蓋という難しい取り合わせを成功させた。つまりこれも他人の目を頼っていないということ。

第三に、それを日常に使うということだ。来客の時も使うのかどうかはわからないが、そうやって選んだ世界でただ一つの急須を堂々と日常に取り入れられる度胸のよさ。

私は自分の生活と呼べるものの足元が脆弱《ぜいじゃく》なことに気づいてしまった。万一私が蓋違いの急須を買うことになったら、きっと多少なりとも卑屈な態度になるだろうし、それ以前に私の中に「見立て」の文化が育っていない以上、蓋違いの急須を買うことはない。

「見立て」とは、純粋に主観で何かを選びとる行為ではないだろうか。京都には、渓流や海原に見立てた石庭や深山に見立てた築山《つきやま》を持つ寺院がそこかしこにある。庶民が一級の工芸品や反物に触れてきた歴史もある。見立てることが、生活の中に根づいているのだ。

そうした文化を持たない私の生活の周辺は、その時々の収入に応じたお仕着せのものばかりになり、審美眼が鈍る。そして本当なら一生手元に置いておくべきものを、ふとした折に捨ててしまったりという結果にもなるのだ。

木製の蓄音器、リビングテーブルにしていた昭和初期の勉強机、蛇腹の蓋の文箱《ふばこ》、楢材《ならざい》の頑丈な本棚、ロンドンのコベントガーデンで買った樹脂製の古い灰皿。父が残したカメラやカフス釦《ボタン》、象牙《ぞうげ》のパイプ。みな、引っ越しのたびに捨ててきて今も心に残るものばかり。

それらの取捨選択の基準に、他人の基準が関わっていないとはいえない。自分の身の回りに置くものは、自分の目だけで残すか捨てるか決めなくて何の生活だろうと思う。

京都人は「しまつ」だというけれど、それは人の目や思惑を気にしないということ。どこを倹約して何に贅沢《ぜいたく》をするか、そんな大事な生活の根幹を他人に干渉される筋合いはない、とはっきり知っているのだ。

去年の陶器祭では、急須や湯飲みの蓋だけが入れられた箱を二、三見つけた。一つの箱は十五円均一。もう一つはなんと百円。これまでけっこう各地の陶器市を見て歩いているが、蓋だけ売っていたところは京都以外には知らない。

蓋違いのあの急須は、今でも毎日ぴかぴかに洗い上げられ、台所に置かれているだろうか。

買っていったあの人の一服は、お茶の値段以上においしいに違いない。

「洗い替え」という言葉に意地をみる

京都の人は、生活の質を落とすような買い物をしない。好みに合わないものを買うこともまずない。じっくり時間をかけて自分にふさわしいものを選び、それが少々高くてもきちんとお金を使う。そうした生活をするために働いているのだから。

ところが、時として意外なものを身につけていることがある。普段は気に入りのブランドしか子どもに着せない人が、家の中ではお下がりの色褪《いろあ》せたTシャツなどを着せていたりすることも多い。

そんなとき京都人の口から出る便利な言葉がある。「洗い替え」という東京では耳慣れない言葉だ。

たまたま不本意な格好を見られてしまったときに、「洗い替えは何枚あってもいいし」

という具合に使う。

はじめてこの言葉を耳にしたとき、うまいことというなー、と心底感心した。粗末なものを「洗い替え」用ということにしてしまう。けれど「洗い替え」とはそもそもなんなのだろう。

どんな洋服も洗濯は必要だ。だから例えばジーンズひとつとっても一本しかない、ということはない。一本を洗っている間にはく別のジーンズがあるのは当たり前だ。けれどその別のもう一本を「洗い替え」用ということにしてしまうことで、それはブランド物でなくてもよくなるのだ。

このトリックは、「生活の質は落としていない」と自分に向けて納得させるためのもの。そして、たまたま人に見られたり、指摘されてしまったときの「方便」でもある。その両方に使えるから頻繁に耳にするのかもしれない。

自分自身の生活の質を守ろうとする意識、他人から軽く扱われるものかというやはり守りの意識、それらの表れが「洗い替え」という言葉に凝集されている。

先日その言葉を、スーパーの広告で目にした。

トイレマット三点セットの写真が載っていて、千円とある。その横に「洗い替えに最適」と書いてあった。

「千円のトイレマットなんて、うちはそんなに低い生活してへん」とそっぽを向く人も、「洗い替えにならあってもええなあ」と考えるかもしれない。

千円のトイレマットを買う生活など送っていない、というプライドを堅持しつつ、千円のトイレマットを手に入れることができるのである。こんなマジックは、東京の人間は持っていない。

常に身近な生活を大切にしてきた京都人のウルトラCだ。「かしこいわあ」と、京言葉が出そう。

東京で同じ場面に出合ったらこんな感じになる。

例えばいつも子どもにお金も手間もかけた洋服を着せている家を訪れ、よれよれの格好の子どもを見てしまった場合。

「まー、こんな格好見られちゃって。親戚《しんせき》がお下がり送ってくるのよ。たまには着せないと悪いと思って」

なんだか言い訳になってしまいそうだ。

近所の買い物にも着替えて出掛けるほど身だしなみに気を使う京都人。だが、万一不本意な姿を見られてしまったときには、一瞬で切り返せる「洗い替え」という迫力ある一言を持っている。これも長い都市生活の中で編み出された人あしらいの術《すべ》なのだろう。

京都の人は近所との関係を大切にする。近隣地域での「序列」に敏感だ。不用意に隙《すき》を見せ、序列を落とすようなことは決してしない。

東京では、どんな暮らし振りをしていても、近隣とどんな付き合い方をしていても、漠然とではあるが、みんな平等という思いを心の底に持っているように思う。隣の家が離婚しても、向かいの家の子どもが不登校になっても、明日は我が身、という意識があるせいかもしれない。近隣との付き合い方が大雑把だ。そしてなにより、人あしらいの得手不得手でランクづけする、という習慣はない。

近所付き合いなど上手《うま》い人もそうじゃない人もいる。かりに下手な人だって、別の取り柄がある。それでいいじゃない。近所の人間模様とはそんなものだと、非常にあいまいに捉《とら》えているところがあるように感じる。

けれどそんな東京人の平等意識は、確固とした基盤があってのものではない。まわりから、あるいはメディアなどから与えられた雰囲気を鵜呑《うの》みにしている部分はないだろうか。平等と思っていたほうが都合がいい、だから平等というように。それになんといっても、日本は一応人はみな自由で平等ということになっているようだし。

京都の人間は、たぶん戦後になり自由と平等がいわれるようになるはるか以前から、それらの意味を疑い、考え、苦心して暮らしていたのではないだろうか。自由も平等も与えられるものではなく、自分で獲得するものだということを知っているのだ。獲得するものなのだから、獲得できなかったものは、当然序列が下がる。肩身が狭く、暮らしにくくなる。

近隣で自由に振る舞いたかったら、まず見くびられるようなことはしないこと。そうやって獲得した地位は、何があっても手放さないこと。近所付き合いに関しては「まあええやん」はありえないのだ。

人あしらいが上手いか下手かで、生活の質まで変わる。それでとっさに切り返す「洗い替え」という言葉も生まれたのだろう。

東京の人間の大雑把さや甘えを持ち込んで京都で暮らしたら、瞬時に最下位ランクに落とされるのは間違いなさそうである。

意味なくもてなさないのは自立の証《あか》し

物を上げたりもらったりが好きな京都人だけれど、それは玄関までのこと。家の中にあげて、食事を振る舞うことは滅多にない。人を選んで付き合う京都人だが、家でご馳走《ちそう》するとなると、さらにその人選は重大なことになるようだ。

こちらにきて、民族学者の梅棹忠夫《うめさおただお》氏に取材をする機会があった。梅棹氏といえば「京都中華思想」の持ち主として知られているが、いまでも「日本の中心は京都である、東京など田舎」と断言してはばからない。

その梅棹氏に、帰ってほしい客に「ぶぶ漬け」をすすめたり、ほうきを逆さまに立てかける話の真偽を尋ねたときのこと。

彼はそれまでのおっとりとした口調を一変させこういった。

「ぶぶ漬けがリップサービスだと気づかないほうがマナー違反なんですよ。第一何も用意してないんですから。私自身、これまでなんどか、あきれるほどずかずかと家に入り込まれて飲み食いされた経験があります。その人たちのことは一生忘れません」

最後の言葉に迫力があり、私にとっても一生忘れられない、京都人の素顔に触れた瞬間だった。

職人や商人など庶民は、自分の生活を守り維持していかなければすぐに転落する。京都において成功とは、自分で店や職を持ち、家を経営するということ。転落とは、雇われる身になることを意味した。

自分の身と家を明日に繋《つな》ぐために、一食一食を大事にしてきたのだろう。その意識がなければ、商いは成り立たない。

自立と保守の二枚岩が京都人を支えてきたように思う。

それこそが、京都人は冷たい、という印象を与える由縁かもしれない。

農家や武家の次男三男が集まって形成された東京の庶民とは、その点がもっとも異なるところだろう。

もともと何も持たない東京の庶民は、身を律して守らなければならないものがほとんどない。そしてそのままの意識で大多数がサラリーマンになった。家など少々の資産を持つようになっても、人が来たらついつい大盤振る舞いをして格好をつけたい習性はなかなか変えようがない。

私も東京では、ときどき仕事場でパーティーを開くことがあった。飲みたいお酒は各自持参で、料理はみな用意した。

親しい人やはじめて会う人など、ひと部屋に集まること自体が楽しかった。けれど、次の日にはパーティーのあまりものとか、少なくとも数日はひっそりとした食事をとっていたものだ。出費は痛かったけれど、楽しかったからと、あえて考えないようにしていた記憶もある。

京都の人は、そういうすっきりとしない感情自体嫌うのではないかと思う。

おそらくホームパーティーを開く京都人は少ない。

仕出し屋が、住宅地ごとにかなりの数で今も残り、営業していることからもわかる。

友だち連れてきてもいいよ、などというオープンな食事の集まりはまずなく、それなりの理由があるときに、理由のある人のみ招待し、仕出し料理でもてなすのが従来の京都のスタイルだ。

仕出しだから、出費がはっきりしている。これだけのことをしたと相手にも印象づけられるし、招いた側もきちんともてなした、と納得がいく。家の食事とは別会計だからこそ、気持ちよく振る舞うことができるのだと想像する。

若いお母さんに、家の昼食に招かれたことがある。五、六人の集まりだったが、誘われるときに、「実費を割り勘で」といわれていた。結局一人四百円でデザートまで食べ、気分的にも気楽だった。

テイクアウトのお寿司《すし》などを買い、やはり割り勘にして誰かの家でお昼、ということもあるとか。

どちらにしても、お金に関しては厳然と内と外を分けたいのだと思う。

そういう意味ではやはり京都の家の敷居は高い。

けれど、梅棹氏からはこんな話も聞くことができた。

旧制三高時代の山岳部での体験談だ。日本アルプスなどで東京の大学の山岳部と一緒になることがあったという。そこで人間関係の違いに驚かされたという。

「三高は上級生、下級生とも全員が呼び捨てで呼びあい、大きい荷物は上級生が率先して担《かつ》ぐという横社会だった。ところが東京の山岳部は、上級生が下級生のおしりをピッケルで叩《たた》き、大きな荷物を担がせている。下級生が上級生に先輩と呼びかける語感も、縦社会を感じさせ、じつに嫌だと思いましたね」

梅棹氏は、京都には個人主義が徹底しているという。個人を尊重する気風が自由な精神を育《はぐく》み、ノーベル賞受賞者も京都の人間が多い理由になっているのかもしれない。

家を守ろう、維持しようとする保守的なあり方と自由とは、一見相反するような気がする。

けれど、他からの干渉は受けない、自分は自分、自分の家は自分が守る、という保守の姿勢は自立と一体のものだ。自立がないところに自由があるはずはない。保守と自由という両者のバランスを保っているのが京都人なのだろう。

それは容易なことではないと思う。少なくとも、バランスをとろうと常に意識している必要がある。

自分自身と自分の生活を律するということだ。

一人一人のそんな意識こそが、古いものを現代にまで伝えてきたのかもしれない。

京都の人間はやはり独特だ。

東京育ちの目から見たら、窮屈でもある。でもだからといって東京に暮らす人間のほうが自由だ、というつもりはない。

人付き合いに「忍法」が使われるとき

実は、京都人に一度言ってみたいせりふがある。

「聞きたいのは誰かさんの意見じゃなくてあなたの意見なの」

そういってみたくて喉《のど》のあたりがうずうずしている。

こちらに住み始めた頃、地元の人と話していて、いつも何かすっきりしないものを感じていた。気の置けないと思っている人と和やかにおしゃべりしたあとでも、何か心にもやもやとしたものが残るのだ。

それがいったい何のせいかわかるまで数年かかった。

彼女たちは、大事なところでは自分の意見をいわないのである。こちらが一番聞きたいようなところにくると、なぜか口を閉ざすことが多い。

正確にいうならば、口を閉ざすのではなく、その手の話になったとたん、「私は」「あなたは」といった一人称、二人称の会話が瞬時に誰が主語かあいまいな三人称になり、一般論にすり替わる。それにしばらくは気づかずに、なんとも得体の知れない居心地の悪さを感じていた。

それは日常のささやかな場面で起こる。

子どもを保育園に入れたばかりの頃、雨になりそうな週末の天気に、「お布団《ふとん》を持って帰っても干せないですよねえ」と何気なくかたわらの保育士さんに話し掛けた。別にどうしようかと相談したわけではないけれど、その人なりの「言葉」が返ってくるものと思っていた。

ところが彼女の返事は、

「持って帰られないお母さんもいはりますよー」

というものだった。

相槌《あいづち》ひとつ入らないのである。そういうお母さんもいる、という事実だけを告げられてしまい、しばし思考が停止してしまった。

言葉はやわらかいけれど、その内容は、完全にこちらを突き放しているではないか。「そうですねえ」といった最小限の肯定もなければ否定もなく、まるで空気としゃべっているような頼りなさ。コミュニケーションが突然分断されたことによる不全感。この手の言葉が当たり前のように日常の会話にするっと滑り込む。

まだ京都にうぶだった私は、最初は京言葉なりの言い回しかと思っていた。それがどんな些細《ささい》なことにも責任を取らされたくない思いの表れだと気づくのに、さらにしばらくかかった。

へたなことをいって後で何かいわれたら大変、という恐れを、信じられないほど強く持っているのだ。人間関係に細心の注意を払う京都人の大技というしかない。こちらは別にどんな答えでもいいから目の前の人の言葉を待っているのに、それもたいそうな問題でもないのに、実体だけはそのままに、口からは他人の言葉を聞くことになる。本音どころか、その人の思いや考えがかけらも出てこない。

今ではこの手の言い回しに出合うと、「京都人の忍法」と心の中でつぶやいている。

「私はいいんだけど、家《いえ》のものに聞いてみないと」といわれた時も、なんとなくけむに巻かれたようで居心地が悪くなる。

「じゃあ、あなたからお家の人に頼んでおいてくれない」

と何度いっただろう。

いわれたほうも、めったにないリアクションにあせったに違いない。それでも「家のもんには家のもんの考えがあるから」と京都人はそのスタンスを崩すことはなかった。

おそらく私は「物分かりの悪い人」で通っていただろう。「家のものに聞いてみないと」といわれても、本当に聞いて後から知らせてくれる、という東京の当たり前は期待してはいけなかったのだから。

人間関係で、一パーセントでもリスクがかかる可能性があるとき、京都人は本当にさまざまなリスク回避のノウハウを身につけている。

ある習い事を教えてくれる家があり、誘われていたこともあったので具体的に週末はどうかと都合を尋ねたことがある。

「じゃあ掃除しておかないと」

その人はにこやかに答える。

私と子どもは土曜日、いつ掛かってくるのかと電話を楽しみに待っていた。外も夕暮れの気配になり、「掃除しておかないと」は断りの言葉だったと気づき、気づくのが遅かった私たちはしかたなく、すごすごと買い物に出掛けた。彼女としては悪く思われないようにとの気持ちからの言葉だったのだろう。

車の中で子どもも「そうかあ。おばちゃんはお出かけの用事があったのかあ」と、何とか納得しようとしている様子。

親が東京の人間だと子どもも苦労する。それでもこうして少しずつ京都風のやり方を学んでいっているのだと思うとちょっと切なくなった。

「私はいいけど家のものがうるさくて」と時には家族を悪者にしてまで口実に使う京都人は、家族関係も少し独特なように感じる。家族の中にあってもやはり自分が一番で、各自がそれぞれ中心にあって家庭を成り立たせているのではないか、と映ることがある。

もちろん家庭の数だけ違いはあるはずだが、「私はいいけど家族が」という言葉は個人主義の強い京都人を表していると思う。

家族の誰かに意見をするときにも「おじいさんがいってはったけど」とぼかしていう場面に出合ったことがある。自分を守ろうとする意識を家庭の中でも働かせているのかもしれない。

そうした無意識の言葉が、どうも東京で知っている家族とは違った雰囲気を生み出しているように私には見える。

家族を含めたすべての人間関係が、多かれ少なかれ、利害で結ばれている。そんなふうに思えるのだ。

利害の伴わない関係なんてあるの、と逆に聞かれたら難しいけれど、利害のない関係もある、と信じようとして付き合うことが少なくとも私にはあった。それが京都では、利害があって当たり前、と認識した上で、しかも親しく付き合うことになる。

これは結構難しく、それで時折、痛い目に遭遇することになる。

取材という形で京都の知人に会うこともある。ある女性に取材を申し込んだとき、こんなメールの返信があった。

「メールと電話をありがとうございました。残念ながら今週は忙しくしております。当方の都合を申しますと、ひと月後の二十一日以降ならと思うのですが、甘里さんにとってたぶんそれでは遅すぎることと思います。申し訳ありません。また、京都のことってほんとに私は知らなくて、よく私のほうが教えてもらってるくらいなんですよ」

さすがに「ひと月後の二十一日以降でかまいません」との返事はとどまった。念には念を入れ、幾重にも断りの言葉が連ねられているのだもの。

「遅すぎることと思います」「申し訳ありません」「京都のことってほんとに私は知らなくて」「教えてもらってるくらい」

ちなみに彼女は祇園《ぎおん》に代々暮らす生粋の京都人だ。京都人の断り方のエッセンスがたっぷりこめられたメールに、私はため息さえもらせずに文面に見入るしかなかった。

あるいは彼女は私に「これが京都人よ」と教えてくれたのかもしれない。

金銭的なリスクはもとより、労力や力関係の変化など、あらゆる損を回避するために京都人の断り文句はあるようだ。

いかに婉曲《えんきょく》にかつ断固として断り、いかに一人称の「私」で物を語らず思い通りに事を運ぶか。

この忍法は、修行を積むほどに磨かれていくらしい。そして上級者ほど、まわりから一目置かれるみたいだ。達人ともなると、もしかしたらそれらを駆使することが快楽になっているのではないかとさえ感じる。

京都人はよく自ら「京都人はいけずよー」というけれど、そのあたりのことをいっているのだろうか。

私も修行をはじめてみようか、と考えないわけでもない。

表面的には人間関係が円滑に進むかもしれない。

けれど、本音が出せるから人間関係は面白い、と思い直す。なぜかこの人には本音がいえてしまう。そしてそれを受け止めてくれる。そんなふうに感じられる瞬間が、人間関係の醍醐《だいご》味《み》ではないかと思う。

つまり、京都人にとっての付き合いの醍醐味は、別のところにあるのだろう。

「あの人はしょせん東京の人だから、京都の人間の気持ちはわからないのよ」と、陰でいわれたことがある。おそらくそれをいった彼女は、彼女なりにうまく付き合おうとしてくれていたのだと思う。彼女にとってはそういう気持ちを汲《く》み取れない私がもどかしく、けれど私は胸襟《きょうきん》を開いて付き合えない彼女のことをいつももどかしく感じていた。

京都人は、人と本音で関わる必要がないと感じているのだろうか。本音で関わるより、「うまく」関わることに価値を置いているのは確かなようだ。距離を測りながら気まずくならないように付き合ってくれる。

けれどそうした付き合いで満たされていること自体が、私にはとてもミステリアスに思えるのである。

売り手が商品にかける呪文《じゅもん》

住まいを移すまえ、京都に小旅行した。

ビジネスホテルを転々とするひとりの旅で、中学の修学旅行以来の京都だった。閑静な東山界隈《かいわい》と河原町、寺町などの繁華街を歩き、気になる店やお寺にふらりと寄ってみるだけの気ままな数日だった。

たしか三条寺町をあがったあたりの竹製品を扱う店でのこと。細かい細工の花器やシンプルな一輪挿し、箸《はし》や箸置き、茶匙《ちゃさじ》など、小さなものばかりが整然と並べられていた。商品を隈《くま》無くながめ、箸を買うことにした。何の飾りもないが、大きさがちょうどなじむ一膳《ぜん》を手にすると、

「それはすす竹でできてますう。ほんまのすす竹ですう」

店の人が説明してくれる。

古い家を解体したときの廃材から作られたもので、色をつけただけの紛《まが》い物ではな

いこと。すす竹は腐敗に強く何年でも使えること、などことこまかに教えてくれた。あまりに熱心な商品説明にかえって戸惑った。その箸は数百円だ。値段と商品説明の長さ、熱意は比例するものと思っていた私が、はじめて「京都らしさ」に出会った瞬間だった。

いまその箸は台所の箸立てに納まっているが、毎日の使用をそのまま体現したように色は褪《あ》せ、表面はいくらかざらついている。

それでもその箸は、これからもずっと家にあることは間違いない。あの長い説明は買い手を洗脳する呪文《じゅもん》だった。

京都の商売の仕方と対照的なのが浪速《なにわ》の商売法だとよくいわれる。大阪商人は値引きを売り物にするが、商品にただならぬこだわりを持つ京都人は値引きすれば商品の価値が下がると考える。

そのかわり一度縁ができた顧客とは信頼関係を途切れさせないために腐心する。支払いも一度で払い切ると縁が途切れるからと嫌い、些細《ささい》な取引でもつけにする習慣が残っているとか。

価格で競争しない商売は、いかに店と店の人間、そして商品に信用と付加価値をつけるかが重要。熱心な商品説明は付加価値の部分だ。しかもお金はかからない。

錦《にしき》市場をほんの少し下ったところに小さな寿司屋《すしや》がある。五、六人入ればいっぱいになるほどで、調理場を入れても三畳くらいの店だ。

予備知識なく入ったが、常連でもっているようだった。先客が食べているちらし寿司が珍しかったのでそれをたのんだ。鯛《たい》、ひらめ、はまち、まぐろなどを小さめのぶつ切りにし、づけにしたものを酢飯に載せただけのもの。

店の女将《おかみ》に正直な感想をいってしまった。

「これ、家でも作れそうですね」

女将はにんまりと微笑《ほほえ》み、

「こんな新鮮な魚、手に入りますかあ」

応戦準備万端といった女将の態度。「錦で買えばいいんでしょ」といいたいところをひとまずこらえる。

すると、

「それに家ではこんないいお米使《つこ》うてはりませんやろ」

追い討ちをかけてくる。

「わさびかて、最高の生わさび使うてますんえ」

おとなしく聞いていると、

「醤油《しょうゆ》は、キッコーマンの特選使てますう。家ではそんなん使われへんでっしゃろお」

扱う素材の何もかもにプライドを持っていることが身に染《し》みてわかり、店を出た。「こてこての京都人」に足取りは重かったが、「キッコーマン特選」と落ちがついたので少しはすくわれた。

時として京都ブランドへの揺るぎない自信が、逆に京都人の視界を狭めることがあるように思う。

キッコーマンがいけないというわけではないが、もし東京のそれなりの寿司屋がこだわるとしたら、小規模な造醸所で手造りでつくられた醤油を取り寄せるのではないか、と思う。

錦の寿司屋に限らず、京都人のキッコーマン信仰はなぜか強い。たいていの人が、淡口《うすくち》はヒガシマル、濃口はキッコーマンが上等、と思っているようだ。

京都には、東京より多くの銘柄の醤油がでまわっている事情もあるのだろう。ヒガシマル以外の淡口で青菜を炊《た》いたら、家族がすぐに気づいて口にしなかった、と聞いたこともある。

家に遊びに来た近所の友人は、台所に出しておいたもらい物のキッコーマン特選をめざとく見つけ、「特選使うてるう」とわざわざ口にした。京都人の醤油へのこだわりは強い。けれどそれがなぜキッコーマンなのか腑《ふ》に落ちない。

日本酒に関しても似たような場面に遭遇することがある。

京都のお酒といえば伏見。伏見といえば、桃の滴《しずく》、月の桂《かつら》、玉乃《の》光、松の翠《みどり》など口当たりが柔らかくおいしい地酒がたくさんあるのに、なぜか伏見では月桂冠《げっけいかん》が一番いい酒、と思っている人が多い。

生粋の京都人はめったに地元を離れることがないという。その分情報不足なのだろうか。

キッコーマンと月桂冠信仰に触れたときだけ、京都人のことを「初《うぶ》だなあ」と心の中でつぶやいている。

ほしいもんはほしい　いらんもんはいらん

近所に、料理以外の家事、植木の手入れ、家のメンテナンス、孫の育児を見事にこなすスーパーじいさんが住んでいる。

朝は家の周りの掃除と水撒《ま》き、部屋の片づけ、掃除、孫の散歩。昼ご飯の後片づけのたびに流しやガスレンジを磨き、洗濯物は角をぴんと立てたたむ。

ある日、なぜそこまで徹底するのかと尋ねた。

「負けず嫌いやからや」

こんな意外な答えが返ってきた。

怠け者の私は、負けず嫌いなら競って大変なことは他人に押しつけ自分は楽をしようとするんじゃないか、と考える。負けず嫌いで家を磨くなんて珍しい人だと感心した。

「他人から後ろ指さされたくないんや」ともいう。これも京都人の生き方の一つかもしれない。

けれど七十近い彼は、気持ちに体がついてこなくてもどかしい、と時々こぼす。

「老眼鏡が二つとも見当たらへんのや」

先日はそういってがっかりしていた。目立つ色の眼鏡ケースを買わないと、というので、使っていない私の赤いケースを譲る約束をして別れた。

ところが家に帰ってケースを出してみると、思った以上に明るい赤で、どう考えてもその人の雰囲気にそぐわない。そんなことでうやむやにしていたら、数日後、会った途端、「早よ、眼鏡ケースちょうだい」と催促されてしまった。

そう。京都人は人から何かをもらえるとなったら絶対にもらう。

「これよかったら使ってもらえない？」とこちらが口にした瞬間、もう品物がその人のバッグに消えていることなどもしばしば。気持ちのいいもらいっぷりにはいつも感嘆する。

引越しのとき、もう履かない靴を選んで玄関に並べておいた。お別れに来てくれた友人に「履けるのがあったらよかったら履いてくれない？」といってみた。一足でももらってもらえたらと思っていったのだが、彼女が帰ったあと、玄関には一足の靴もなくすっかり片付いてしまっていた。そんなことも。

「え、いただいていいの？　あらー、悪いわねえ。まだ使うんじゃないの？　ほんとにいいの？　ありがとう」

ものやりとりに介在するこうした言葉に馴《な》れていた私は、あっさり受け取る京都人に最初は戸惑った。生活力の強さが全然違うのだ。

もらいっぷりのよさは、お金をかけないで済むならかけたくない、という京都人の「しまつ」も関係しているだろう。そして気に入ったものはなんとしても手に入れたい、好きなもので生活を彩《いろど》りたい、という思いが強いようだ。

京都に来たばかりの頃、スーパーの大型店でびっくりした。

春先なのでカーペットやムートンなど敷物がセールになっている。

私はソファの足元に置くムートンがほしかった。毛足の長いココア色のものと狐色《きつねいろ》の短い毛のものとどちらも気に入り、両方を手にとりしばらく見比べていた。

隣に中年の男性がいるのは気づいていた。

下に置いて比べようと、まずココア色のほうを置いた瞬間だ。そのムートンがぱっと視界から消えた。

「これ狙《ねろ》てたんや」

顔をあげると、中年男がムートンを鷲《わし》づかみにし、すでにレジに歩いているではないか。

その素早く断固とした行動に、頭の中で声にならない声を発し、立ち尽くすしかなかった。

ほしいものは手に入れる。

庶民として本人の才覚次第で暮らしてきた歴史が、ほしいものを手に入れるなみなみならぬパワーを培《つちか》ってきたのだろうか。

江戸庶民はまるで逆で、「宵越しの金は持たない」という生活スタイルだ。一見格好がいいが、そこには、いざとなればお上か誰かが助けてくれる、という甘えが見え隠れしてもいる。

いるものはいる、欲しいものはもらう、欲しくないものは断る（ただし婉曲《えんきょく》に）、という断固とした態度は、生活者としての歴史の長さと関係がありそうだ。

断りかたもうまい。婉曲ながらもはっきりしている。

ある家で集まりがあり、手作りのお茶受けが出された。

手作りというだけで、私なら無理しても食べなければ、という気持ちになる。そうした気持ちを持つこと自体、快くない。けれど習い性として、そう思ってしまう。

おまけに「おいしそう」などとついいってさらに墓穴を掘ることになる。京都人の友人は、食べたくないものを見た時点で、もう食べないことを決めている。

「お昼食べてこなければよかったわあ」

そういってさっとお皿を横にすべらす。

「じゃあ持って帰って」

とすすめられれば、

「ありがとお」

愛想よく答えるものの、家に帰ってすぐさまおすそわけに走るか、それもできなければ捨てる。

ほんとうに京都人は生活全般、妥協しない。

妥協したら生活を支えているプライドに傷がつくと考えている。プライドを落とすほど怖いことはない、と知っているのだと思う。長い年月をかけ、生活の中に自分で築きあげたものだからこそ大切なのだ。

その分、京都人は実体や根拠のないプライド、例えば肩書にすがることが少ないようにも思う。

負けず嫌いで家を磨くスーパーじいさんも、自分で築いた生活を維持し大切にすることこそがプライドを保つことだと信じているのだ。

着物の見立てでTシャツを選ぶ

京都人は、流行に左右されてものに飛びつくことが、私が知っている東京に住む人間より少ないと思う。

何を買うときもよく吟味する。吟味したあげく、買わないのかな、と思っていると半年後に素敵なものを手に入れていたりする。

それがその人のこういうものがほしい、と話していたイメージそっくりのものなので、よく半年も我慢して選び抜いたな、といつも感心するのである。

京都の女性は、ファッション業界にとって手強《てごわ》い消費者だろうと思う。

通販でTシャツを買った友人が、カタログの印刷より色が暗い、とがっかりしていた。

「いい色じゃない」

私はいった。

「色自体がよくても、顔映りがよくなかったらしょーもない」

つまり、彼女の肌の色や顔立ち、雰囲気には合わない、ということなのだ。よく考えれば当たり前のことだけれど、しばらくそんなふうに洋服を選んでいなかった私は妙に納得させられた。

洋服はあくまで着る人の引き立て役。洋服が目立っても何の意味もない。それを着ることで自分の美点がいかに際立《きわだ》つか、それだけが勝負なのだ。当たり前といえば当たり前だ。

そして、それは着物を見立てるときのやり方だ、と気づく。

昔の女性は、反物を肩から下げ、色と柄、織りなどどれが最も顔を引き立ててくれるか、全身をすっきり見せてくれるか吟味して着物を選んできた。そのような見立ての習慣が、今も京都の女性の中には残っている。京都人にひそむ伝統の力だ。

京都に越してきてすぐ、新聞の集金の女性から、「前は友禅の下絵を描いていた」と聞いたときは、さすが京都らしい、と思った。そしてそのあとすぐ、生命保険の営業ウーマンからも同じことを聞き、さらに近所にはいまも下絵を描いている人や友禅の金彩師もいることがわかり、京都人は着物文化の中で育ち、暮らしつづけていることを実感した。

けれど、「友禅の下絵を描いていた」というように現在形より過去形で語る人が多く、戦後の着物離れと西陣の呉服産業の衰退が手に取るようにわかる。

いまも下絵を描き、オリジナルの下絵もあるという男性は、

「昔は一枚描けば何十万だった。いまは十分の一」

そうあきらめ口調で嘆く。

需要の減少に加え、ここ数年は海外での生産が急増し、仕事量も価格も低落の一途らしい。

惜しいなあ、と思う。

どうして惜しいかといえば、戦後、着物の価格をいまのように引き上げなければもう少しは着物を着続ける人がいただろうに、と感じるからだ。

ここ数年、家の中で眠っている着物を買い取り、安く売る店が人気だ。昔の柄だから、かえって斬新《ざんしん》なものが見つかる。値段が釣り上がっていた頃は、「作家」と称される人のいかにも手の込んだものが多かったが、そのぶん着物が美術鑑賞品になり、遊び心が入る隙《すき》がなかったように感じる。

もし着物が洋服並みに手に入れられるなら、着付けや着こなしにも自然と遊びが入

ってくるはず。

私は着物は大好きだが、草履や下駄《げた》が苦手だ。そのように思っている女性が日常的に着物を着るようになれば、草履や下駄も履きやすい形や素材に進化するように思う。京都でも着物姿を町中で見かけるのは、お正月、そして祇園祭《ぎおんまつり》や送り火の浴衣《ゆかた》くらいだが、いい柄に出合うと見とれてしまう。

洋服なら、柄や色だけではなくシルエットも含めてセンスを評価する。けれど着物は、まず柄、そして帯などとの取り合わせで決まる。

洋服と着物では、見る側の美意識も脳の別の部分で判断しているに違いない。

着物の良さは右脳、洋服の場合は左脳が感じる、といったら憶測が過ぎるだろうか。

着物はシルエットが同じだから、複雑な経路を通っての判断が必要ないように思う。帯や小物との取り合わせでセンスの善《よ》し悪《あ》しやその人なりの好みも歴然とする。

アジア諸国では、洋服を取り入れながらも民族が育《はぐく》んできた衣装を手放さずにいる国も多い。

着物は楽しい。

戦後、日本人はアメリカ文化に傾倒したとはいえ、着物の価格があんなに上がらなかったら、着物を着続け、次代に継承した人はずっと多かったに違いない。外出の際、今日は着物にしようか、洋服にしようか、と選択していたかもしれない。一生のうち数回の節目にしか着ないからなおさら不経済に感じ、応用の利《き》くスーツやワンピースを買うことになる。

着物を日常から遠ざけたことで、日本人の美意識はその根を失った。そう思えてしかたない。

嫉妬心《しっとしん》を回避する装置

人の感情で一番厄介なのは嫉妬心ではないだろうか。

怒りの感情も嫌なものだけれど、ぶつけるべき相手にぶつけると、誤解が解けたりかえって良好な関係が築けたり、というようにプラスに作用させることも可能だ。それになにしろ人間、怒らなくなったら終わり。何かに対してノーの気持ちが強いほど、好きなものを受け入れる器も大きくなるように思う。

けれど嫉妬心だけは煮ても焼いても食えない。

恋敵やらその他の人間関係でのライバルへの感情は、際限なく負のエネルギーを増殖させる。ついには精神も肉体も蝕《むしば》み、自分と周囲を破滅させていく生産性のない感情だ。そんな感情を持って何か得るものがあるとすれば、二度とそんな状況には陥らないぞ、と自戒することとか。けど悲しいかな、嫉妬はある日突然に、するっと心に忍び入ってくる。

京都にはなんと、そんな嫉妬心を遮断する装置がある。

代々京都以外は知らないという暮らしをしてきた知人は、京都を離れてみて驚いたという。それは、京都以外の出身者があまりに無防備に親切だから。京都から出て初めて京都人は特殊だと気づいたらしい。

「京都人のええとこも悪いとこも見えて、あらためて京都人はいけずやなあ、と思うた」

そう話す。

どう「いけず」なのか、その内容を知りたい。彼はしばらく考え、こういった。

「人がようなるのを良しとせんのでしょうなあ」

何というわかりやすい解説。

そしてなんて正直な京都人。

人がよくなるのを良しとしないとは、人の幸福を手放しで喜べないということだろう。こんなこと、大抵の人間は心の奥の奥に封印して、ないものにしてしまい過ごしているように思う。

けれど、本当はある。こうした感情。

彼は、「京都人は嫉妬深いから」と付け加えたが、嫉妬心の存在を認めるか、認めないかの違いに過ぎないと思う。

もし誰かに嫉妬していて、その感情を意識の奥に閉じ込めたとしたら、心が歪《ゆが》んでしまいそうだ。学校で子ども同士を競争させながら、つまり嫉妬させながら、みんな仲良く、といわれ続ける子どもがおかしくなるように。

京都人は、この厄介な嫉妬心を十分認めた上で、嫉妬心が起こらないようにする装置を随所に設けているのだ。

たとえば、「会社の業績が急激に伸びても、伸びんように見せなあかん」という手立て。

「京都人は手の内を見せたり、経営内容をあからさまに見せることをものすごく嫌うんです」

それも嫉妬心を刺激しないため、刺激されないためなのである。

最近、あるアパレルメーカーが倒産した。経営者は京都の外から来た人で、好調な業績を逆に喧伝《けんでん》していたという。

だから潰《つぶ》れたときは「クソコッパだった」という。クソコッパとは、クソミソということだろうか。京都の掟《おきて》を破られているとき、周囲は面白くなかったに違いない。

商売人のこんな不文律もある。

「外車に乗らない。絶対にあかん。東京では考えられんでしょう。みな乗りたい車に乗らはる。けど京都ではひけらかしてる、と思わせたらいけない。そやから外車に乗る経営者はいいひんのです」

自分の家の前は掃除しても、隣の家の前は決して掃かない、というのも「相手に恥をかかせないため」。恥をかかせたらそれが恨みにならないとも限らない。

賀茂《かも》の農家は今でも朝取りの野菜を街中まで売りに来るが、販売エリアが道筋で決まっている。通りがかりに売ってほしいと頼んでも、エリア以外の家の人なら断られるのだという。これも農家同士、競わずに済ますための装置だ。

同じ京都の農家で、すぐきだけを作り続ける家がある。千枚漬けや柴《しば》漬けと並んで人気のすぐき漬けになる野菜だ。すぐき農家は、山の一角で隠れるようにしてすぐき栽培をしているという。よそから飛んできた種で品質を落とされないように、という理由らしい。けれど実際は近親交配で身は細まるという。それでも種の交換をしない京都の農家に、他県から視察にくる農業関係者はあきれるとか。

比べてはいけないのである。比べたら妬《ねた》みが起こる。自分のすぐきが一番と信じて、痩《や》せたすぐきにどんな「付加価値」をつけるか知恵を絞っているに違いない。

街中では真冬でも真夏でも、道端で延々と長話をしている女性の姿をよく見かける。

家の真ん前で話していて、話が長くなりそうなら、ちょっとお茶でも、と家に上げそうなものだけれど、京都人はそれをしない。家の内情を知るほどに、嫉妬の材料も増えることを恐らく熟知しているのだと思う。

京都を離れて京都がわかったという知人は、

「京都には、東京の人間にはわからん連帯がある。みんなでルールを作らはり、守って暮らしてきた。だからそのルールからちょっとでも反したことには厳しい。ルールといっても京都人には当たり前のことなんやけど。淡白なお付き合いのほうが長続きするというのも当たり前のこと。お互いの家のねずみの通り道も知ってるのに一線を引いて付き合う。知りすぎるとだめになるとわかってる。細く長く付き合う方法をみんな守ってはるんやなあ。それはお互いを大切にするということ。言葉にしなくても、そんな気持ちが通じおうてるんやないかと思います」

公家《くげ》たちの出世争い、京都を舞台にした時々の政変、そして軒も壁もつながり中庭を共有することも多い町家での暮らし。その中で、嫉妬が生活の根幹さえ覆《くつがえ》す感情であることを充分に学んできたに違いない。それで情より理性で人と付き合うようになっていったのだ。

そんな京都人が編み出した、嫉妬心を十分に認識しながらそれを回避する方法。

まず、よくなったことを見せないこと。
高価な物は隠すこと。
自分のことだけ考える。
お節介をしない。
物の貸し借りはしない。
家の内情を見せない。
常に自分が一番だと意識する。
こう書き連ねると腑《ふ》に落ちる。だから京都人は「いけず」といわれるのである。

2 京都は伝染する

木の家は死なない

大丸の高倉南入口の向かいに、和菓子店『大極殿本舗』がある。先代が長崎の福砂屋でカステラを学び、今のあるじは東京の洋菓子店で修業をしたという先取の精神にあふれた店だが、間口が狭く奥行きのある店構え、昔ながらのショーケースに老舗《しにせ》の匂《にお》いがする。

経営者の自宅は店から歩いて五分。高倉通を三筋北に上がった六角通に面して建つ。築百三十年、格子《こうし》と大戸に守られた堂々とした町家だ。そのすぐ向かいには『大極殿』の工場として建てられた今風のデザインのビルがそびえ、手堅く暖簾《のれん》を守っていることがわかる。

この家の主婦にして店も取り仕切る芝田泰代さんは、柔らかい物腰のなかにも芯《しん》を秘め、いかにも京都の商家の人間といった雰囲気が漂う。

「里はここからまっすぐ西のほうですね。四条大宮で車大工をしてました。里の里もまた近くですしね。何代京都に住んでいるかはわかりませんわねえ。ずうっと京都だと思うんですけどね」

代々中京《なかぎょう》という京都の真ん中で暮らす彼女にとって、京都ブランドはどのような意味を持つのだろうか。

「先代からずっと来たものを自分の手で改良して次に渡していかななりませんので、せいぜい手元で作ろうと、工場も目の届くところに置いてあるんです。近くにあると安心です。お客さんには、昔と同じ味で仕上がっていると思うてもらったらいいんです。中身はひょっとしたら全然違う味になってるかもしれませんけど。そこはまあ、前見たのと違う、というよりは、前食べたことあるこのお菓子、というところから入ってもらったほうがよろしいのね。それがまあ信用の強みだと思います」

伝統を守るとは、同じものを同じ味で作り続けることではないという。

「お菓子だけではなく、こうして伝統の中に住んでいますと、ただそこに付け足すだけで自分の持ち味が出せるから楽ですね。続けるものがあるということは、それだけいろんなものを入れていけるということです。だからあんまりものを考えんと、生活を楽しめるのと違いますか」

芝田さんの生活の楽しみは、斬新《ざんしん》な暖簾を新調し、季節に合わせて掛け替えることだという。

「やはり、暖簾という形の決まったものがあるから、心置きなくそこに遊びを取り入れられるのと違うやろか。年に一日しか掛けない暖簾もあるんですよ。雨降ってほしいときに掛けるんですけど、美大の学生にデザインしてもらった雷さんの絵柄なんです。その方、もう先生になってられますけどねえ」

雷の暖簾を掛けたときの写真を見せてもらった。すごい稲光の派手派手の絵柄だ。これがもし壁画だったりしたら下を向いて通り過ぎたくなるかもしれない。けれどその絵を暖簾に納めることで、無理矢理にでも納得させるものがある。

「家の前の通り、よう車が通るんです。けれど暖簾掛けてたら気になりません。暖簾一枚で、外から中が見えなくなります。家の内と外を区別する結界のようなもんですわ。大戸の暖簾をくぐると、もうひとつ暖簾があります。ここから中へはよその人は入れませんわねえ。大戸の長い暖簾とは別に、軒の端から端まで渡す軒暖簾というのもあるんです。これ掛けないと町の風景が映えません。京都の家は隣と軒がつながっているのが特徴ですから、そこに各店の暖簾が同じ高さにつながると本当にきれいなんです」

日本の家は、中国、朝鮮、南方の文化と融合しながら形作られてきた。襖《ふすま》や衝立《ついたて》も大陸から来たもの。けれど暖簾だけは、純粋に日本特有の意匠なのだという。藍《あい》や草木で染めた地に白く抜き取られた文字や絵柄。その文字や絵柄はシンプルなほどよく映え、シンプルだからこそ、そのなかに品格があるかないかが表れ、店の姿勢や時代時代の隆盛までもが語られる。

京都特有の長い暖簾は、使用人が食べる貧しい食事を見られないため、という言い伝えもあるけれど、緩やかに風になびく長い暖簾にこそ、日本人のおおらかな遊び心が溶け込んでいるように思える。

暖簾を左右に分け店に入ると、光の強さが変わり、外の世界が閉じられる。町の風景として外から見たら、人が出入りするたびに暖簾の模様が揺れる。とことん抽象化された白抜きの柄、それが風になびくさまを楽しめる感覚を持っていてよかった。看板の美しさは、所詮《しょせん》パリやロンドンにはかなわないけれど、石の家には看板、木の家には暖簾が似合う。

そのせいかもしれない、と気づいた。ビルのテナントに下げられた暖簾からは、まったくといっていいほど魅力が伝わってこない。そう感じていた。

木の文化を生み出した日本人が、今は石の文化を模してビルや住宅をつくり暮らしている。暖簾がビルになじまないように、私たちの感覚も、まわりの風景に対してなんらかの齟齬《そご》をきたしているに違いない。

百三十年たつ町家に暮らす芝田さんはいう。

「木の家は、古くなっていく気がしないんです。床下も部屋も風が通り抜けますしねえ。建具は祇園祭《ぎおんまつり》の前に夏向きのものに替えます。あっちこっちの建具を外し、使い込んだ昔っからのよしずに替えるんです。簾《すだれ》だけは消耗品ですから毎年買いますけど。季節感と生活が一緒だから、贅沢《ぜいたく》はようせんけど楽しく住んでいられるのと違うやろか。向かいに工場のビルを建てましたでしょう。鉄筋の建物は、建ったときから古くなっていくのがわかるんです。建った次の日からだんだんと死んでいくわけです。それが目で見えますしねえ。木の家だと、何度でも修繕したら住めますけれど。

それで古い家をつぶしているのを見ると、古材を修繕用にほしいな、と思うんです。うっかり新しいので修繕すると、そこが浮いてしまいますし。汚していれるくらいの気持ちでしんと合わないの。

隣のうちを取り壊したとき、古い木を少しだけもろうたんです。色が一緒ですので、障子の桟などの修繕用にとってあります。そのとき、大黒柱いらんか、いわれて、それだけは置くところないわと断ったんです。けれど、いまだにもったいないことしたって思うてるんですわ」

木の色が変わらないようにと、ニスを塗ったらおしまいだと芝田さんはいう。木の色がいくら黒くなろうと、それをみっともないとか汚いとは感じない。時間の移ろいを当たり前のこととして受け止めるだけだ。

「壁はもうぼつぼつ手入れしようかと思いながらね、ついついこう住んでいるだけのことでね。畳はやっとこの前替えましたけど。父の法事の時やから、十四年前に表替えしました。奥の部屋の琉球《りゅうきゅう》畳は縁がぼろぼろですから、上にカーペット敷いてますけどね」

人がどう思おうとしらん。他人がなにか責任をとってくれるわけじゃなし。

ふんわりと風に揺れテリトリーを主張する暖簾から、京都人のそんなささやきがもれてくる。

日常を遊べば旅はいらないか

和菓子ほど四季の移り変わりを意識して作られるお菓子はないと思う。『大極殿』の芝田さんも、和菓子を通し季節感を味わってもらえたらと話すけれど、

「いつも思うんですけどね、おひなさんにしても新暦になっても三月三日にお祝いしますでしょう。新暦の三月三日には、桃の花がまだ咲いてないんです。菱餅《ひしもち》の緑はよもぎですけれどね、それもまだ出ていない。旧暦の三月三日は、今年ですと三月二十七日になるんですけど、その頃なら桃の花も、よもぎも盛りでちょうどいいんです。

端午の節句は五月五日ですね。その頃大きな柏《かしわ》の葉っぱなんてまだありません。新暦の六月半ばになれば葉っぱも大きくなるし、菖蒲《しょうぶ》の花もほころびます。

水無月《みなづき》っていう三角のういろう、ご存じですやろか。京都では六月の三十日に作っ

て配達します。けれど、その日は必ず雨が降ってますわ。このお菓子の起源は、宮中で召し上がった氷です。新暦七月の土用のころに、氷室《ひむろ》から出した氷をとろかして、暑気払いしたんです。庶民は氷など食べられませんから、三角にかたどったういろうを氷に見立てて食べたんです。だから、やっぱり旧暦がぴたってきますわねえ。

七夕さんも全部そうです。

新暦七月七日はまだ梅雨ですから、必ず雨が降りますしねえ。旧でいうと新暦八月のお盆くらいになるんです。そうすると天の川がきれいに見えますでしょう。彦星《ひこぼし》さんと織姫さんも会えますすしねえ。

行事は旧暦に戻したらいいのに、と思います」

旬《しゅん》より走りをついありがたがってしまう東京で暮らしていたときは、旧暦など意識したこともなかった。おひな様にまだ桃の花が咲いていなくても、そんなものかな、でやり過ごしてきた。走りをありがたがってしまう東京人の性《さが》もあるだろうが、企業が提供するままに暮らしていただけだ。

けれど、桃の花がほころび、よもぎのお餅が豊富に作れてこそのひな祭りなのかもしれない。

行事をすべて前倒ししたことで、せっかくの四季を存分に味わうことなく過ごしているのは確かだ。

芝田さんはそれをとても残念がる。

楽しみを非日常ではなく、日常の中にこそ見つけるスタイルを守っている芝田さんなら当然だろう。

生粋の京都人は、旅行に出ることが少ないとも聞く。

「京都から出たことありませんわねえ。出ようという気にならないんです。京都の神社仏閣を見慣れていると、よそを見てもちょっと物足りないですしねえ。どこ行っても物足りません。東京のことも全然知りませんしねえ。温泉ですか? 行きたいと思いませんわねえ」

東京の人間で、「東京から出ようという気にならない。どこ行っても物足りなくて」という人に出会ったことはない。

実際、東京にいた頃は、ほっとしたくてよく温泉に出かけた。

京都は街中にいても山が近くに見える、ということも関係していると思う。東京のビル街に立っていると、目の前の光景が際限なく続いている錯覚に襲われるが、京都では常に山が意識され、都市の際限が見える。

その山も、季節とともに姿を変え、目を楽しませてくれる。

京都の人が、なぜ京都から離れようとしないのか、本当のところはわからない。東京出身といっても、なぜか必ず「関東の人」になってしまうことからも推察できるように、東京をはじめ日本のどこをも京都より格下と意識しているからなのか。形として残らない旅行などにお金はかけたくない、という思いからか。京都の中で本当にすべてが満たされているからなのか。

おそらくそれらがない交ぜになっているのだと思う。

京都の真ん中に住んでいる京都人は、ことに生活半径が限られている。

芝田さんは、店に出る前に時々ドライブをするそうだが、行き先は目と鼻の先の北山辺りということだし、お嬢さんの勤め先は四条河原町にある高島屋の裏手とのこと。京都は狭い、といってしまえばそれまでだけれど、一生を同じ風景の中で暮らすことに不満を覚えないという事実は、うらやましい思いと、同時に独り善《よ》がりではないかといった相反する思いも掻《か》き立てる。

生まれた土地への揺るぎない自信を持つ芝田さんに、バブルで消えた寺町界隈《かいわい》のお寺について質問した。ほんの少し意地悪な気持ちを込めて。

「そうですねえ。山手のほうに引っ越していかれて、きれいなお寺になってますよ。もともと寺町は秀吉《ひでよし》がわざわざお寺を集めたところですし。どんなふうに動かされても、それに負けない気質が京都の人にはあるのかもしれませんけどねえ」
やんわりとかわされてしまった。

買わない喜び

手紙や新聞の切り抜きを保存するのに、手頃な大きさの紙箱や空き缶を使っている。生活の隅々までこだわりたい人なら、無地などの気に入った素材の箱を買って、ラベルを張ったりすると思う。私も以前は、生成りの文箱《ふばこ》をわざわざ買い、アイボリーの棚に重ねて分類していた。けれど、いつのころからか空き缶、空き箱を捨てるに忍びなくなり、それらを使うようになった。考えてみると子どもが生まれた頃からだったかもしれない。生活必需品さえ買いに行く時間がなかったし、多少大雑把な気持ちにならないと子育てはできない。自分のことより子どもにお金をかけたくなったし。

確かに同じデザインで揃《そろ》えると見た目はすっきりする。けれど、揃えよう、とする生活自体がくたびれる。そういう生活を志向する自分自身に、といってもいい。

例えば、これからは環境を考えて天然素材のものを選んで暮らそう、と考える。

まずはキッチンから。砂糖や小麦粉のストッカーはホーロー引きか陶製、ピッチャーは耐熱ガラスのもの。ざるやしゃもじは当然竹製品。鍋《なべ》やフライ返しなどの調理器具はやっぱりぴかぴかのステンレス。キッチンからプラスチックのたぐいを完全に締め出して雰囲気を変える。けれど、使わなくなったプラスチック製品はどうなるかといえば捨てるしかない。燃やさないゴミにまとめて出せばとりあえず視界からは消える。でも、それらを買った責任は自分にあるのだ。プラスチック製品そのものに何の罪もない。

たとえ気に入らなくなっても、すでに身近にあるものは寿命をまっとうさせたいと思う。百円のフライ返しだって、何年も役にたってくれている。いま、家のキッチンには、確かに安もので ペラペラの白い秤《はかり》がある。これをがっしりしたブリキの秤に替えたらキッチンの雰囲気も変わるだろう。けれど、いまの秤を買った責任をなかったことにはできないのだ。あるものを大切にしながら、本当に必要なものを買い足し、買い足すときは好みのものに出合うまでじっくり探す。

プラスチック製品を買った私は、そういう時代をつくった責任を等しく共有していることを忘れたくない。

何もかもを同じ意匠の物でまとめなくても、あるものを大切にしようという気持ちでいると、不思議と生活空間自体が落ち着いたものになる。

町家づくりではないけれど、築四十年を過ぎた木造平屋建てのお宅に伺うことがある。大きな引き戸の玄関を上がると上がり框《かまち》の向こうに二畳の間がある。そこにどっしりとした年代物の衝立《ついたて》が置かれ、奥の間への視界を遮る。その向こうが縦に二間続く和室で、さらに廊下、縁側、庭がある。奥の和室に通されると、庭に目も心も吸い寄せられ、安らかな気分になる。土壁の塀の外が道路ではなく隣家に接していることもあり、坪庭のように閉じられた空間になっている。庭に生えている木や草に手を入れすぎていないのも気分をくつろがせるのだと思う。

全体を引き締めている柘植《つげ》の木は、家を建てたときに義父が東寺の縁日(弘法《こうぼう》さん)で買ってきたものだという。そのほかの木は知人の家から一枝譲り受け、挿し木にして大きくしたものばかりだとか。しだやつわぶきなどの草も、一度植えたものを自然に広がるままに任せているという。薬を撒《ま》くのが嫌いなので、青虫が繁殖した今年の夏も青虫の食べるにまかせ、葉はレースになっている。

廊下の木肌や床の間の柱は、化学塗料の力を借りずに艶々《つやつや》といい色に磨かれている。小さな茶箪笥《ちゃだんす》や漆塗りの座卓には、無駄なものが置かれていたことがない。それらの生活道具を雑に扱っていない証《あか》しのように思える。

お茶を載せたお盆は、外は木肌を残し、内側が朱の漆に鞠《まり》の柄。茶托《ちゃたく》は焼き杉、茶《ちゃ》碗《わん》は季節感を取り入れた京焼など。そのひとつひとつが彼女の雰囲気にぴったりで、どれも吟味して買い、大切に扱っていることが感じとれる。

無駄なものがない空間がいかに美しいか、その家に行くたびに確認する。けれど余分なものを持たないことは、今の時代難しい。東京にいた頃は、買うということ自体が娯楽だった。空虚感を覚えたとき、とにかく何かを買いたくなることがあった。そんなときは、数もまとめて買ってしまう。しかも、思い切ったものとか、身につけたり部屋に持ち込んだら気分が変わりそうなものとか、そういったものを買ってしまいがちだ。

その結果、たいして気に入ってないものが部屋にあふれ、居心地の悪さにますます心が塞《ふさ》ぐ。

あとあとまで目に触れるものは、気晴らしの対象に買ってはいけない。今だからいえる。

最近は、「和菓子を味わう」という趣味ができたので、なにか買いたい気分になったら、京都駅か百貨店の地下に行って和菓子を買う。京菓子の本を見て、まだ買ったことがない和菓子を本店まで出かけて買うのも楽しい。

近所の友人の前で、真っ黒になった食器洗い用のスポンジをゴミ箱に捨てようとしたことがある。「漂白剤で洗えばきれいになるやん。何でほかすの」といわれてしまった。使えるものを捨てるという発想が京都人にはないのだろう。使えなくなったものを手間ひまかけてもう一度使えるようにし、「買わずにすます」ことに快感を覚えているのでは、と感じることもしばしばだ。ものを「買う喜び」以外に、「買わない喜び」があるということを京都に来て知った。

気が張らず、それでいて統一がとれた家で暮らすための法則は案外簡単かもしれない。

身のまわりに本当に愛着の持てるものを置くこと。そしてそれらを大切に扱うこと。つまりひとつひとつのものとゆったりと交流ができるだけのゆとりを身につければいいのだと思う。難しいときもあるが。

伝統は情念だ

「私、六十五年しか生きてへん。町中に出てきてからなら四十数年でしょ。そやけども、私というひとりの女性は綿々と続く千二百年の歴史に抱えられている。京都に住むいうことは、そういうことと違うやろか」

杉本千代子さんは、京都市の南、伏見区の造り酒屋に生まれた。英勲《えいくん》という名前の地酒を聞いたことがある人も多いと思う。大きな町家でお嬢様扱いをされ育ってきた。

伏見は、京都の町中から、電車でほんの十分の距離。だけど、

「下京《しもぎょう》の人なんて、伏見の商売人をへーんとばかにしてはるもん。杉本の家は、お茶の世界とも親しくしていただいてたから、茶人のもの の計りからしたら、お茶の道具もない私の里は田舎っぽかったんでしょうよ。でも私は伏見のこんこんで結構。ひなずになるくらいなら、田舎もんでいよう、と心の中でずっと抵抗してきたんです」

伏見のこんこんとは、伏見稲荷《いなり》をもじって。ひなずとは、いけずと同様、意地の悪

いこと。

杉本家は、『奈良屋《ならや》』という屋号で八代続いた呉服商だ。

千代子さんの夫、杉本秀太郎《ひでたろう》氏が仏文学者になったため『奈良屋』は他人の手に渡ることになり、京都市から文化財に指定された杉本の家だけを財団として残し、維持管理している。

下京で一、二といわれる規模を持つこの町家を訪れたとき、私はちょっと不思議な気分を味わった。その日、気力、体力ともになぜかすこぶる不調だった。地下鉄四条駅に着いても回復せず、しかし杉本家はそこから目と鼻の先。断るわけにも遅れるわけにもいかず、重い足取りで向かい、ベルを押した。

大戸を開け、中にはいると、どちらに行ったらいいか迷うほどの大きな空間が広がっていた。上がり口に千代子さんが静かな面持ちで座っているのに気づく。

洋間の後に仏間に通され、仏壇の前に座った後、どういうわけかその場で話を伺うことになってしまった。そして千代子さんの語り口に耳を傾けながら、心身の不快感がすっと消えているのを意識した。不快から快に、こんなに速やかに変化するなんて初めての経験だった。

千代子さんは『奈良屋』の歴史を嚙《か》み砕いて物語る。

「初代は、三重の松阪《まつざか》駅からまた八里ほど山を歩いた粥見村《かゆみむら》というところで生まれたんですけれども、要するに農家の六男坊あたりになりますと、口減らしということで京都に丁稚《でっち》奉公に上がることになったんです。その時に手を引いてくださったのが、烏丸《からすま》の錦《にしき》にあった順照寺の住職でした。杉本家の家訓に、生活は中でもよろし、せやけどお仏壇ごとに関してはは十分にお金をかけること、というのがあるのは、初代がお坊さんに手を引かれて呉服商の奈良屋に上がったからです。そこで四十くらいまでこつこつと勤め上げ一番番頭までなったとき、暖簾《のれん》分けしてもらいました」

『奈良屋』の屋号まで譲られ、小さな店を構えたのは一七四三年のこと。そして商売が安定したのは三代目になったときだという。

「そこそこ商売の基盤ができた三代目のとき、順照寺さんがある事件に巻き込まれはったんです。そこで三代目は、できる限りの心と体とお金を使ってお寺をお助けしたん。手を引かれた初代のご恩返しという形で、自分ができる精一杯の力でお助けした。そこに欄間がはめてありますでしょう。この仏間の欄間は順照寺さんから贈られたものなんです。三代進んで六代目の時、元治《げんじ》の大火で家が焼けましてん。建て直しの際に、三代目さんのご恩返しです、いわはって林羅山がお寺に寄進しはった欄間をこの仏間にはめてくだすったわけです。

ほんで、それからまた三代進んで秀太郎の代になりました。義父が死ぬとき、この家は家族に残るとうわ言のようにいってはったけれど、亡《な》くなってみたら、全部会社のものになっていた。突然、新しい家を用意するから出ていってほしいといわはってね。その時、秀太郎の教え子の冷泉《れいぜい》のお姫《ひめ》さん、冷泉貴実子さんが、財団にしたらと勧めてくれはったんです。いい先生まで紹介してくれはって。ところが、財団にするには、土地、建物にプラスして一億の現金が必要やったんです。そんな大金、今の杉本にはありません。発起人会や親戚筋《しんせきすじ》もお金を出してくれはったけれど、一億にはとてもならへんかった。その時に順照寺さんが、江戸時代のご恩返しです、いうて足らんお金出してくれはった。江戸時代、杉本さんには今のお金なら億のお金を使うて寺をお助けいただいた。だから、何千万くらいのお金は当たり前です、いうて」

お寺からしたら、六代も前の杉本家の当主から、やはり六代ほど前の自分の寺の当主が受けた恩ということになる。ひいひいひいひいおじいさんが助けてもらったお礼に、数千万円を差し出して恩返しをしたわけだ。

「こうして家が残れたんは、先祖が心でお金を使うたり、お金では買えない心づかいをしといてくれたからなんです。順照寺さんもようそれを受けてくれはりました。お寺さんも偉いと思います。代がいくつも重なっているのにね、江戸時代のことなんて廃《すた》れよう思うたら切れてしまいますよね。順照寺さんでは、今でも年に一回、三代目の画像のお軸を掛けて偲《しの》んでくれはる日があるんですわ。杉本家からはあるじが順照寺に行ってお礼の言葉を受けるんです。そういう行事があるから、気持ちも続いているのかもわからへんわね」

しみじみとした沈黙のあと、千代子さんは続ける。

「実はこれいうと涙が出てくるんですけれどね。うちのこの大事が起きるちょっと前、順照寺さんは、錦のお寺と土地を売らはったんです。そんで北大路の近くに土地を求められて立派なお寺建てて住まわれた。そやけんど、住職のお母さんがね、やっぱり先祖がいた土地を捨ててお金に換えて移ったっていうことに悩みを持たれたみたいなんです。そのころ、まだバブルの弾《はじ》ける前で、思われていたより多額のお金になったようですわ。そのことでお母さんはもやもやしてはりましたんや。けれども家をお助けいただいた後、こういうてくれはりました。杉本さんの家がお困りなのを見て、あそうや、杉本さんのために使わしていただくために、先に私たちが土地を売ってお金を得たんやと思う。そのためやったんやなあ、て。もやもやしてたけど、売った理由がわかったいうてくれはりました」

杉本の家を残そうと、夜中に起き出して方々に手紙を書いたり、交渉事など実際に奔走したのは千代子さんだ。今もまったく安心、という状況ではないそうだが、多くのものに支えられ事業を成し遂げた満足感が表情にはある。

「そやから、当節、一番無いものがこの家の空間には漂ってます」

伝統とは、多くの人間の情念の継承なのかもしれない。ふとそんな気がした。だとしたら、伝統が京都人の遺伝子の中にこそ受け継がれているのも当然なのだ。

そしてまた、その遺伝子を持つ人間たちを、千二百年の時間を包含した濃厚な空間が支える。

杉本家を訪れた瞬間、身も心もすっと伸びたのは、もしかしたらそこに漂う伝統が、京都に暮らそうとする私をも支えてくれたせいかもしれない。

暗闇《くらやみ》は野性を呼び覚ます

杉本家の客間は北側に面している。軒も深く、けっして陽射《ひざ》しが直接入ることはない。

京町家は、玄関からみて一番奥が客間と決まっているので、北向きは珍しくない。「蔵の光が間接的に入ってくると、不思議な暗ーい壁がもう少し明るくなるんです。今でもちょっと当たっているところ明るいでしょ。陰のところは暗ーいねえ」

そういわれても、私にはわからない。どこもかしこも焦《こ》げ茶の暗ーい壁。第一、うれしそうに「暗ーい」という千代子さんがわからない。

「特殊な壁なんですよ。客間の壁だけは材質もわかりませんのです。九条の山手の壁土とべんがらを混ぜてある、いわはる人と、聚楽《じゅらく》壁のなかでも鉄分のものすごく多い玉土の層を使うたんじゃないかといわはる人と。それが百三十一年の年月をかけて、こういう色になったのかもしれませんわねえ。ええ、一回も塗り替えてへん。こんな土、ふつうは塗れませんわねえ」

　また満足そうな顔をする。

　引っ越してきたとき、我が家の二部屋の和室はどちらも深ーい草色だった。古めかしいし、部屋が狭く見える。それがとても嫌で、ひと部屋は薄いベージュに塗り替えた。

　新しくて白くて広いほど素敵、という感覚は私だけのものではないだろう。それが多くの日本人の憧《あこが》れであることは、インテリア雑誌を見ればわかる。

けれど京都には、暗さを尊ぶ感覚が生きている。それは京町家に住む人だけに生きているものだろうか。ためしに住宅メーカーが建てた今風の家で生活をする京都人にも聞いてみた。彼の口から出た言葉はさらに意外なものだった。

「家の中が白ばっかりやったら、そりゃけばけばしいわな。居間や寝室の壁が白かったら落ち着かれへん」

　私は思わず、

「白ってけばけばしいですか」

　と聞いていた。白をけばけばしい品のない色と思う人間がいるなんて考えてもみなかった。白は清浄な色、もっとも清らかな色と思って疑わなかった。

暗さを好む京都人の感性は、白い壁をけばけばしいとさえ感じる。暗さが好きであると同時に、明るすぎることを嫌うとは。

京都では、壁は土色そのものを活《い》かす。そうした工法が、京都人の暗さの中に美を汲《く》み取る感覚を発達させたのだろう。そしてその感覚は、住宅メーカーがどんな家を建てようと、生き続けている。

杉本家の暗い客間に座っていてふと思った。やたらに明るくしない暮らしは、視覚以外の感覚を鍛えるのではないか、と。現代人は、聴覚や嗅覚《きゅうかく》が鈍くなったといわれるが、こんな暗い壁に囲まれていたら、自然とそれらが呼び覚まされるのではないかと感じる。

この日、杉本家では、おひな様が飾られていた。天気のいい日を待つうちにしまうのが遅れたそうで、幸運にも江戸、明治期に作られた貴重なおひな様を見ることができた。

だが、人形も興味深かったが、目はどうしても毛氈《もうせん》に注がれてしまう。厚さ五ミリはあるそれは立派な毛氈だが、染《し》みが浮き、色が褪《あ》せ、赤くないのである。

失礼を承知で「毛氈も古いままですか」と尋ねた。

「育った家のもこういう毛氈だったもんでね、全然違和感ないし。だって、調和してるんだもの。あのね、建物自体古いでしょう。建物と建具、道具類が対話してますわなあ。対話しているうちは傷がいってても捨てませんわねえ。こういう建具はまってるところにまっさらな毛氈を持ってきてもあわへんし」

つまり、「どんなものも捨てない」のだ。

古いものにまわりを調和させていく。修繕するなら古い木を探してくるか、新しい木をわざわざ汚して使う。

いま、リフォームを機会になるべく新しい家に見せようとする新築そっくりさんが流行《はや》っているが、『大極殿』の芝田さんにしても杉本さんにしても、流行りとはまるで逆のことをやり続けている。

そして二人ともそろって木の家の美しさを口にする。木は時間が経《た》つにつれ色が変わるからそこが好きなのだと。

黄味がかった新しい木肌は、風雨に晒《さら》される場所にあれば白茶けていき、室内なら徐々に色を増していく。そしていつしかどちらも黒光りのする焦げ茶色に変わる。町家に住む彼女たちは、傷や染みが浮き、焦げ茶になった柱を美しいという。

日本人が、太陽の注ぎ込む真っ白な壁のリビングルームに憧れはじめたきっかけは何なのだろう。戦後、それまでの生活スタイルの何もかもを捨て去った。その後ろめたさを糊塗《こと》するかのように、無垢《むく》な色を求め、一からスタートという気分を求めたのだろうか。

暗さは五感を刺激する。

子どもは、洞穴とか土管の中とか、暗い場所に妙に憧れを抱く。私の一番の思い出は、空き家探検だ。雨戸が締め切られ、もちろん電気などつかない近所の空き家に毎日出かけては、押し入れに入ったり、果ては天井裏や縁の下にまで潜り込んで遊んだ。友達の家のお父さんの書斎も暗くて静かで好きだった。

そうした暗さの中がなぜ楽しいかといえば、インクの匂《にお》い、本の匂い、ひなたや風の匂い、あるいは静寂や草の擦れ合う音などが、突然迫ってくるからだ。視覚が自由に使えなくなることで、他の感覚がにわかに活気づく。生きている実感が強まる。

土色の壁に囲まれ、暗闇を愛《め》でる京都人は、野性を秘めた都会人なのかもしれない。

それで、人や物に対する好き嫌いも動物的感覚で峻別《しゅんべつ》してのけるのだ。

暗闇は、明るさだけの生活では退化しやすい野性の感覚を呼び覚まし、生活にめりはりや遊びをもたらす。暗闇こそ創造の源かもしれない。

京都の人間は、暗ーい壁を見て笑う。

「自分が一番」 京都の感染力

千代子さんは告白する。

「確かに京都の人間は、新しいものを家に入れるのに非常に警戒しますんです。まわりから浮いてしまうでしょう。だけど古いのが好きというのは、やっぱりけちもあるんですわ。好きとけちの両方です。京都の人間はみんなそうだから、けちも気にならへんのね」

自分の家のけちは気にならなくても、よその家に対してはついあれこれ口にする。

「『あそこの家の襖《ふすま》、古うてまっ茶っ茶になってはったえ。はよ替えはったらええのに』ときっと後ろ向いていうてはる。そやけど、面と向かっていうことはないから、聞こえてはこないわな。たとえ聞こえてきても、人にいわれたくらいで変えない強さが京都の人間にはあるし。自分が気持ち良かったらいい。まだ勿体《もったい》無いと思うたらずうっとそのまま使うたらいい。やっぱりけちもひなずも文化かもしれへん」

千代子さん自身、最近自分がひなずになったのではないかと気になっている。

「町家の格子《こうし》は、外から見たら隙間《すきま》はものすごく細かい間隔でね。ところが内側から見たら太い指くらい開いてるんですよ。一本一本の木が台形に削ってあるのよ。そうすると、外から中は見えないけど、中から外はものすごくよく見えるの。そやさかい、『またあの奥さんどっか行かはるえ』てなことになるの。それも必ずいい意味じゃなく、『また行かはる、何しに行かはるのやろ』と。人が訪ねて来ても、帰った途端うち向いてけなす習慣が京都にはある。ここで生まれ育った娘は、お母さんが考えるほど相手を傷つけてるわけじゃなくて楽しんでる感覚というけどね、私はなんていやらしいと思ってきたの。それがふっと振り返ってみると、私もそのような感じでものをいうてる。今までだったら口に乗せへんかったひなずをいうてますわ」

大抵の子どもは、人の悪口をいってはいけません、といわれて育つ。けれど、悪口は批判精神を鍛えてくれるのではないだろうか。悪口を禁じられて育てられた子どもは、表面は従順で内に不満をくすぶらせた人間にならないだろうか。京都では、人の悪口をいう我が子に「いけずやなあ」とはいうが、悪口自体を禁じてはいないように思う。

千代子さんに「あなたもそのうちきっと京都人になってはるわ」といわれてしまっ

た。

京都人気質は伝染するらしい。

そういえば、このごろ余分な物を買わなくなった。あまるほどおかずを作らなくなった。柱の染《し》みや畳のけばだちも気にならなくなった。どこの家もそうだから。そのほうが楽だし無駄なお金を使わないですむから。

福井県出身で、京都の実業家の次男と結婚した知人がいる。下京《しもぎょう》に自社ビルを持つその家は、プライドが高く、当初彼女はさんざんひどい目に遭ったという。

「新婚旅行に出かけている間に、義姉と義母が勝手にマンションに入って、私が持ってきた服を点検してたの。それを隠そうともしないで、安物ばかり持ってきた、田舎もんだから垢《あか》抜けない服ばかり持ってきたっていわれて。言葉が訛《なま》ってるから会社に来るな、もし来てもしゃべるな。義姉の子どもの幼稚園の送り迎えをよく頼まれたんだけど、幼稚園でも人と口をきくなっていわれたのよ」

呉服店を営む福井の家では、家族と従業員が一緒になって夜まで働く環境の中、「人のことを思いやって動け」と母からいわれて育った。生家とのあまりに大きなギャップ。やがて彼女は、義姉の前に出ると失神するほどストレスが高まった。

けれど、息子が有名私立中学に入った頃から自分の中の何かが変わってきた、と彼女はいう。

「福井の家に行くと、最高のこととしてくれるのよね。夜なんかおご馳走《ちそう》でもてなしてくれて。それを前はうれしいと思ってたんだけど、この頃は億劫《おっくう》になった。外に食べに行ったほうが気が楽。今度親が京都に来たとき、同じことしなくちゃならないのが負担なのね。前はそんなこと思いもしなかったのに」

そうした変化を、実母も息子も「この頃嫌らしくなった」と非難する。

「自分より人のことを思って暮らしてきたら、大変な目にしか遭わなかった。ばからしくなったのね。まわりを見てもそれぞれ自分中心に生きてるし。無理して人をもてなそうなんて考えもしなくなった。もっと自分を大切にしてもいいんだと思えてきたのね。母は、なんだかんだいっても京都の人間になってしまったっていって怒るけど」

自分が一番でいいんだ、と京都は教える。

自分が一番なのだから、他人に対する評価も自信を持って下す。他人には後ろを向いて、身内になった人間にはときに面と向かって。どちらも自分がもっとも心楽しく、気が晴れる言い回しを使って。生活は自分が楽しむもの。「いけず」も文化といわれる由縁だ。

京都に来た人間は、最初この「自分が一番」に傷つけられる。どんなに親しくなっても決してこのスタンスは崩さない。

例えば頻繁に家に行き来するようになり、こちらは友人になったつもりでいても、訪ねていって軽くあしらわれることがある。「自分が一番」の京都人は、他人に対していいわけをする義理も持ち合わせていないから、何で突然冷たくなったのかと悩まなくてはならない。だけど「気分が優れなかった」「昼寝してた」など、そんな理由だったりするのだ。そんな理由で人を遠ざける自由が京都にはある。

「自分が一番」。これほどシンプルで当たり前な生活スタイルがあるだろうか。

「自分より世間の目が大事」「自分より上司の意向が大事」「自分より会社が大事」「自分より国が大事」「自分より人間関係が大事」より、よっぽど健康な精神を維持できる。

「自分が一番」の京都人は、他人の言動でいちいち傷つかない。まして他人を自分に従わせようなどと面倒なことも考えない。従ってくれるならそれはそれで都合いいけれど、そうじゃなければ「放っとこう」と考えている。

京都人気質は伝染する。抗《あらが》いながらもいつしか自分が京都人になっていることに気づく日が来る。

それに対して東京人気質の感染力は弱いように感じる。東京に人を変えうる合理的かつ魅力的な個性が失われてしまったからだろうか。

いま、東京には闇《やみ》がない。京都に来る前の私の中にも闇を抱え込む強さはなく、当座の明るさばかりを求めた。その結果、根無し草の自分を自覚することになった。

生きるにはスタイルが必要だ。

確固としたスタイルがないところに洗練はなく、新しい文化も積み重なっていかない。「自分が一番」という野性的なスタイルが京都には生きている。

これが自分の生活を取り戻す手がかりである。

「仏縁」と言って口説く人

京都に来たばかりの頃、どこかに自分の居場所というか、気兼ねなく出入りできるところがほしく、木屋町のショットバーに通っていたことがある。

七十歳近くのオーナーがひとり、カウンターにいる店だった。バーテンとしての心得はないらしく、ウォッカをただオレンジジュースで割ったものとか日本酒のカクテルとか、怪しげな、いいかげんなお酒を出して悦にいるという、まったくの趣味でやっている店だった。

お客も少ないので、老オーナーは私のことを話し相手として遇してくれているようだった。私にとっても数少ない話し相手。東福寺からマウンテンバイクを飛ばし、毎日のように通っていた。

私の父方の祖父はもともと長崎で商売をしていたのだが、戦前、マレー半島にゴム園を持ったことがある。老オーナーの叔父に当たる人も同じ頃海外に渡り、その後行方知れずになったなどという話をしていたときだった。

「これは仏縁ですわ。仏さまが、僕とあなたを引き合わせたんやなあ」

感嘆するようにそうオーナーがいった。

私としてはたいした共通項とも思えなかったし、まして「仏縁」など人の言葉として聞くのは初めてで面食らった。

「仏縁」。仏の縁。たしかに私の祖父も亡《な》くなっているし、彼の叔父も他界している可能性が高い。仏との縁とか、仏の引き合わせを仏縁というのだとしたら、この場合、私の祖父と彼の叔父が私たちを引き合わせたということなのだろうか。お線香の匂《にお》いが漂いそうな言葉に、オーナーと私がなにやら崇高な関係に思えてきた。少なくとも彼が私に特別な親しみを感じてくれていることが伝わり、ありがたく真に受けてしまった。

けれど同時に、どうも居心地が悪くなる言葉でもあった。仏縁といわれたとたん、そこに抗いがたい何ものかが存在してしまうというか、蜘蛛《くも》の糸で絡《から》め取られそうな予感というか。どうもとってつけた言葉のようでもある。

でも、まあ、お寺の多い京都ならではの人間関係での潤滑油的な言葉なのだろうと受け取った。

それからしばらくたった蒸し暑い夏の晩のことだ。九時をまわったもののお客は私だけ。そろそろ帰ろうかと思ったそのとき。オーナーがグラスを片手にカウンターのなかから出てきて、隣のスツールに腰掛ける。

そして、やんわりじんわりと手を握ってきたのだ。

七十の爺《じい》さんが迫ってくるという予想だにしない展開に言葉も出ず、反射的に腰を浮かせた。

そんな私にオーナーは、

「あなたとは仏縁やないか。他人とは思えんのやあ」

そういって手の甲をなでなでするではないか。

手を引き剝《は》がし、バーの扉を開けて外に出る。むっとする空気の中、自転車を止めた高瀬川のほとりに向かいながら無言でつぶやいた。

「仏縁てそういう意味だったの」

マウンテンバイクを自宅まで一直線に走らせながらも、「仏縁」という言葉が頭の中をまわっていた。

以来、仏縁とかご縁、という言葉に敏感になった。

仏縁は、京都人でもある程度年齢のいった人しか使わないようだけれど、「決め」

のせりふとして使われるのは確かなようだ。強引に相手との距離を縮めたいときの常套句《じょうとうく》なのかもしれない。

使われ方としては、年長者が年下の人間を懐柔しようとするときが多いのではないかと思う。立場に違いがあるほど、それをいわれたらおしまい、といった効果を発揮する。

あるいは、しっとりとしたすこぶる美人が口説き文句として使ったら、恐ろしいほどの威力を発揮するかもしれない。

「あんたと出会ったのも仏縁かもしれへんなあ」なんて京言葉で。

怪しい言葉。いわれた瞬間、何がなにやらわからなくさせる言葉。よくわからないのにありがたいもののように思わせる言葉。人をけむに巻いて、当の本人はしっぽを隠していられる言葉。

でも、目を凝らしてみれば、大きなしっぽがぞろりと垂れ下がっているのが透けて見えてしまう。仏縁とはそんな言葉だ。

それに比べ、「ご縁」という言葉は似ているようでずいぶん違う。仏縁のように下心は感じられない。京都の人はよくご縁というけれど、そこには一期《いちご》一会《いちえ》に感謝する、といった気持ちがこめられているように思う。

初対面の人との別れ際《ぎわ》などに「これもご縁ですなあ」なんていわれると、その人との関係を大切にしようと素直に思えてしまう。

「仏縁」と「ご縁」。似ているようでまったく違う。まともな京都人は「仏縁」とはいわない。

帯と反物の錬金術師

このままでは京料理がなくなるのではないか、といわれている。

京料理といえば、舞妓《まいこ》さんを呼ぶようなお座敷への仕出しとか、格式ある料理屋でだされる料理のことで、ただの日本料理とは違う、という思いが京都人にはある。

私にとって一番の日本料理といったら、お寿司《すし》やお刺し身といった新鮮な魚を使ったものだ。けれど西陣のとある場所で、こんな噂話《うわさばなし》を聞くともなく聞いてしまったことがある。

「あそこの料理屋の旦那《だんな》、この前割烹着《かっぽうぎ》でお客の前に出てましたえ。失礼でっしゃろー。京料理の料理人は、お客さんの前に出るときはちゃんと着物を着るもんでっせ」

「そりゃそうやー」

「寿司屋なら割烹着でもかまわんのや。下世話な食べものやさかい」

京料理に比べたらお寿司は下世話なものらしいのである。私には限りなく高級で上品な食べ物に感じられるのだけど。まあ、それくらい京都人は京料理を別格に扱っているのである。

当然値段も張るが、そんな京料理を支えていたのが、呉服関係の旦那衆だったのだ。けれど呉服問屋が軒並み潰《つぶ》れ、一人前ン万円の京料理を守り育てる人がいなくなったというのである。つまり、京料理それ自体を一手に守り育てることができたほど、呉服問屋の儲《もう》けは破格だったということでもある。

どのくらい儲けていたか。想像をはるかに超えた儲けというしかない。

何人かの呉服業界に近い人たちの証言である。

まず織り手は織り屋の道具を借りてたとえば帯を織る。織り手はそれを三万円で織り屋に売ったとしよう。

織り屋は五万で産地問屋に納める。

産地問屋は室町の問屋に二十万で納め、室町の問屋が地方問屋や地方の小売店、百貨店に売るときには四十万になっているという。

地方問屋に四十万で入った帯は、小売店、百貨店に八十万で納められる。

そして一般の消費者の手に渡る時には百六十万円になっているのだそうである。

このとんでもない流通経路を変えようと、室町の問屋を通さずに小売店や百貨店に納めるという革新的な試みをした産地問屋もあるそうだ。けれど物がいいからと、やはり百貨店では百六十万の値がついたそうである。

「いくらなんでも目茶苦茶や。産地問屋も室町の問屋も儲け過ぎたんや。そんな業界、他にはあらしまへん」

話してくれた知人もそう語る。

三万円が百六十万円になるのだ。帯も反物も出世魚どころではない。私たちの目の前に現れたときには、すでに大変身をとげたあとなのだ。しかも姿は変わらず。

こんな錬金術がずっと日本に存在していた。

儲けてきたのは問屋だけではない。

たとえば染《し》み落とし屋。夕方まで染みを抜き、一日十万円になったとか。材料代はわずかだから、ひと月の上がりはおよそ三百万だ。祇園《ぎおん》でも上七軒《かみしちけん》でも通えるわけである。

京都は隠す文化だといわれる。

家宝にしてもお寺の文化財にしても、年に一度、数年に一度しかお披露目をしない。隠すことにより、価値を高める方法を心得ている。けれど京都を支えてきた呉服業界の話を聞くほどに、隠すのは価値を高めるためばかりではないと思えてきた。隠さざるを得ないから隠してきたのではないか、と疑ってしまう。

祇園祭のとき、鉾町《ほこちょう》の家が美術品をお披露目する屛風祭《びょうぶまつり》で、代々伝わる貴重な秘蔵品を出した家があったとか。ところが税務署に目をつけられ、翌年から出すのをやめたそうである。

みんな、隠しているのだ。隠さざるを得ないのだ。

天皇が東京に移った際、お金に困った公家《くげ》たちが、天皇から贈られた家宝を口の堅い商売人に売って上京したそうである。そうした美術品も京都には数多く眠っている。

それらは、暗黙の了承として各家の蔵で眠っている。時として、一般に公開したりする家があると、「ちゃらちゃらしてはる」と陰口が叩《たた》かれる。

みんなで隠さなければならないのだろう。隠すものがたくさんある家では、時々蔵に入ってひとり悦にいる楽しみが残されるし、何もない家では何もないことが人に知られてしまう心配がない。

この不況で、それらの美術品も流出しているとか。倒産した問屋や一般の家から、上等な反物や帯もどんどんマーケットに出されている。

古着を扱っている知人が、どこで手に入れたかは内緒だが、と前置きし、こんな話をしてくれた。

「すばらしい帯を二千円で手に入れましてん。それを古着屋に持ってったら百五十倍で買いましたえ」

三十万円である。店に出すときには最低でも六十万だろうとのこと。

こんな時代になっても、呉服の錬金術は古着市場で健在だ。

でもそれも時間の問題かもしれない。

糸つむぎ屋から糸巻き屋、染色関係、機織《はた》りの機械、道具関係、そしてそれらに関わる職人の技術まで、もう呉服は全滅寸前、再起不能、といい切る京都人は少なくない。

そしていかに経営が苦しくても、寿司屋は回転寿司屋になれても、京料理屋が居酒屋になることはありえないのだそうである。一度ランクを落とした店は、京都では二度と浮上できない。

いま、京都の老舗《しにせ》は、料理界も呉服業界も生き残りをかけて知恵を絞っている。保守と自立、伝統と革新といった二枚岩の京都人のこと。大胆な策を見せてくれるかもしれないと、場外からひそかに観戦している。

3
高価なものを「ほんのすこーし」

量を減らして「ええもん」を食べる

京都にも郊外型のスーパーマーケットが続々とできている。市内とその周辺には、平和堂、ジャスコ、イズミヤ、イトーヨーカドーの系列が多い。

休日になると、それらの店に朝から駐車待ちの行列ができる。休みの日の過ごし方として、家族で大型ショッピングセンターに繰り出すという形が定着したのはこの十年ほどのことだろうか。

朝刊のちらしをチェックし、スーパーのほかにホームセンターといつしか呼ばれるようになった日用雑貨の大型店にも寄ってみる。午前中家を出たはずが、全部回り切った頃には夕方ということも。

物を買うことは今では娯楽の一種だが、買った中身を点検してみると、消耗品の補充とセール品のまとめ買いがほとんど。頭を使って休日の時間を過ごす代わりに、ちらしに頼って時間を潰《つぶ》しているだけなのだ。後には空《むな》しい思いのみが残るのは、やはり娯楽にさえなっていない証拠。

例えばある休日の買い物を書き出すと、ホームセンターでは掃除機のごみパック、トイレットペーパー、ティッシュ、ビニールプール、備長炭《びんちょうたん》。スーパーでは一週間では食べ切れない野菜と肉、魚。その日の晩食べる割引になったお刺し身、から揚げ、次の日のパン。専門店では、限定五名様二万九千八百円の別に好みではないブランドウォッチ、紅茶。最後はディスカウントの酒屋で数本の焼酎《しょうちゅう》、日本酒、ビール。

家に着くと、まずそれらの品を運び入れ、しかるべき場所に仕舞い込むのも一苦労。冷蔵庫も洗面所の棚もぎゅうぎゅうになる。だが、翌週には同じことを繰り返すのだ。

そしてまた、帰りは無為な一日に空しさをおぼえ、がつがつと買い込んだ安物たちなどどうでもいいものになっている。

これはつい最近までの私の休日だ。

買い物だけで丸一日が過ぎていた。しかも、買うという行為の中に一片の創造性もない買い方だった。

そんな週末が二、三年続いただろうか。当時買ったもので手元と記憶に残っているものはない。使い捨てというより「買い捨て」。

そのような生活を少しずつ変えるきっかけをつくったのは、四季の折々に出合った和菓子かもしれない、と思う。

なかでも麩饅頭《ふまんじゆう》との衝撃的な出合い。

京都に移って間もなくの頃、東京の友人がよく遊びに来た。友人の一人は、せっかくだからと老舗旅館に泊まり、私も便乗した。そこで出されたお茶受けが麩饅頭だった。

笹《ささ》の葉をはがし、ころんとあらわれた艶《つや》やかな白色。これは日本の白だと感じた。口に入れたときの感触と上品な餡《あん》との調和。

東京で食べていた和菓子はなんだったの。ショックだった。以来、東京から友人が来ると一つ覚えのように半兵衛麩《はんべえふ》や麩嘉《ふうか》の麩饅頭を用意するようになった。

それからしばらくして、京都には麩饅頭以外にもおいしい和菓子がたくさんあることがわかってきた。しかも細かく刻まれた季節ごとに用意され、日常欠かせない楽しみになるということを。

私の育った家では、普段の和菓子といえば、甘辛団子、草餅《くさもち》、豆餅、すはま、きんつば、栗《くり》蒸し羊かん、水羊かん、三笠山《みかさやま》。お客様の時にはごくたまに練り物の和菓子、そして虎屋《とらや》の羊かん。以上である。

和菓子には餡こそのものの味といったイメージしか持てずに来た。羊かん以外はめったに口にしなくなっていた。

けれど今は、特に夏の和菓子が楽しみ。

六月晦日《みそか》に食べる風習のある水無月《みなづき》に始まり、蕨粉《わらびこ》のお餅にきな粉をかけて食べる蕨餅。これは抹茶の入ったものなど味もいろいろで、砂糖の入らないきな粉が夏の味覚になることを初めて知った。黒糖でほんのりとした甘さを加えた葛餅《くずもち》もいい。竹の豊富な京都では、水羊かんも竹筒に入れて固められていて、竹の緑が目にも指先にも涼しい。

作っている店でしか買えない和菓子もあるが、京都駅や百貨店の地下には、けっこう老舗が揃《そろ》っている。

ただ一つ、難点は高いということ。それで、少しずつ買うことになる。

東京では、和菓子にありがたみを感じることはなかった。草餅や豆餅などあまって固くなると、母はよく網で焼いていた。これはこれで香ばしく素朴なおいしさがあったが、洗練された京都の和菓子とは別ものだ。

京都の和菓子を知り、生活のいろいろな場面で、量より質を選ぶようになった。

日用雑貨も百円均一のプラスチックのざるを買うなら竹で編んだものを買おうと思う。竹のざるはうまくすれば何代も使える。黒ずみが落とせなくなったプラスチックの洗い桶《おけ》を買い替える時にはステンレス製にするつもりだし、今度お風呂《ふろ》の桶を買うことになったら檜《ひのき》のものにしたいと思っている。プラスチックは結局損なのだ。垢《あか》やぬめりを落とすのに洗剤を使わなければならない。傷がつけば不潔になる。天然素材のものだと、ほとんどの汚れはたわしで落ちる。

高いけれどほんの少し買った和菓子を食べるときは、テーブルも片づけ、お茶も丁寧にいれる。和菓子が時間を楽しもうとする心のゆとりを生みだしてくれる。おいしいものを知った舌は、食べ物に敬意を払うようになり、自然においしくないものを遠ざけるようになっていった。

食に限らず暮らし方全般、そうした選択をするようになると、身のまわりから不要なものが減っていく。本当に好きなものってこういうものだったんだ、と気づかされ、押しつけられた消費から抜け出すきっかけにさえなった。

いいもの、おいしいものをほんの少し。

やっぱり京都人が一番の欲張りかもしれない。

三把《わ》百円の荻窪《おぎくぼ》、「適量」の錦《にしき》市場

「上等なものをほんの少し」は、京料理にも生きている。

京都に住むようになったばかりのころ、おばんざい料理に凝ったことがある。だしの利《き》いた薄味は素材をほんとにおいしく引き立てる。甘辛い醤油《しょうゆ》味になじんでいた舌がすみやかに京料理に軍配を上げた。

まずはいろんなおばんざいを食べようと、先斗町《ぽんとちょう》や木屋町の店に通った。料理はカウンターの大皿や大鉢に盛り付けて並べてあることが多い。その盛り方は、東京の小料理屋や居酒屋に比べかなり上品。東京の大皿の上はつねに大盛が原則。少なくなればすぐに補充された。けれどおばんざいは大皿の真ん中に形よくこんもりと盛られ、少なくなっても足されることなく、それでかえって少なくなっても価値が上がりこそすれ下がることはない。

運ばれてきたお皿には、いつも笑ってしまうほどほんのちょっぴりの料理しか入っていない。東京の三分の一くらいだろうか。お通しがたくさん来ると思っていたら、注文した料理だった、ということもあった。

東京では二人で入って三、四皿注文してお酒を飲むとちょうどいい。一皿が二人前くらいあるからだ。

ところが京都のおばんざい屋は、一皿が一人前もない。例えていうと、どの料理を頼んでも、小鉢にお浸しの量。二人でつついたらほんとにむなしい。

そして、そこそこ食べると二人で二万円が軽く飛ぶ。

どこの店もそうなので、ひと通り味わったら通わなくなってしまった。

「おいしいものを少し」という文化は、京都人の骨の髄までしみわたっている、と納得した。

たくさん食べればお金がかかる。けれど安いものをたくさん食べるという習慣も持ち合わせてはいない。納得のいかないものを口にすれば生活者としてランクを落とすことにもなり、それでは元も子もない。常に「少し」を心がければ万事丸く納まるのだ。

京都には、かやくご飯と呼ばれるものがある。東京でいう炊《た》き込みご飯だが、その内容は決定的に異なる。

材料が違うのではない。にんじん、こんにゃく、椎茸《しいたけ》、油揚げ、鶏肉《とりにく》など、東京の炊き込みご飯、あるいは混ぜご飯のもっともポピュラーな材料と同じ取り合わせだ。違いは、かやくご飯の場合、具の大きさがご飯粒と同じかそれより小さい、ということ。

店ではじめてそれを目にしたとき、私は京都人にあきれた。それでお金をとろうという商人魂《しょうにんだましい》に心底感心した。

私の知っている炊き込みご飯は、椎茸、にんじん、油揚げは細切り、鶏肉は親指の頭大よりやや小さめ、というものだった。粒のようになった具は見たことがなかった。厳密にいえば京風ラーメンの店で見たことがある。けれどそれはラーメンのおまけだからだと思っていた。京都の人がごく一般に食べるかやくご飯もそのようなものだとは考えも及ばなかったのだ。

だが、それがおいしいかまずいかと問われれば、まずくはないのである。粒のようになってはいても材料はいいのだろう。そしてきっと、だしの昆布や鰹節《かつおぶし》にはこだわっているはずだ。

口に入れると、ふわっといい味と香りが広がる。材料の量を節約しつつ、全体として最良の味に仕上げる、あるいはお金は惜しんでも手間は惜しまない。そんな京料理のエッセンスがかやくご飯の中に凝集されている。

錦市場を歩いていて思うのは、私がなれ親しんだ市場との相違だ。

子ども時代は西武新宿線の野方《のがた》、独立してからは中央線の荻窪が毎日の主な買い物場所だった。

野方も荻窪も、八百屋と魚屋に活気があり、夕方ともなると「安いよ安いよ。さあさあ、小松菜三把《わ》百円!」と、おじさんの「だみ声」が響き渡っていた。魚屋も時間とともに一皿いくらが二皿いくらになり、閉店間際《まぎわ》になるほど同じ値段で分量多く買えるシステムができあがっていた。

買うほうも、一皿より二皿のほうが得なのは当たり前、たくさん買えてよかった、という意識で生活をしていたと思う。

私もこと食材に関しては、量があることは豊かなこと、という意識に疑いを持ったことがなかった。

食卓に乗せる料理もつい多めに作り、多いことはいいこと、炊き込みご飯の具だってごろごろ入っているほうがおいしい、と信じて暮らしてきた。たまに残り物は出たが、ほかに不都合はなかった。

けれど、荻窪のようなだみ声の響くことがない錦市場を歩いて気づくのは、売り手は勢いで物を売る気はなく、また買い手も茄子《なす》ひとつでも吟味して品を選んでいることである。

そこには消費者というより生活者の姿があり、売り手もまた確かなものを扱い生業《なりわい》としているという生活者としての姿が揺るがずにあるように思えた。

錦には喧噪《けんそう》がない。そのかわり一言品物について尋ねると、産地から輸送法、食べ方まで答えてくれて、そこには情報と知識の伝授というコミュニケーションが成立する。

野方や荻窪で店の人と掛け合いながら物を買っても、今になって思うとそこにはコミュニケーションはなかったかもしれない。東京では、売り手は売り手、買い手は買い手だ。売り手と買い手はどこまでも平行線だったように思う。

錦での商売は信用が第一。代を継いで同じ場所で商売をし、そこで暮らしている以上、売り手は生活者の側面をあわせもち、それをお客にも見せることになる。京都では、売り手と買い手が対立構造になりにくい。生活者としての売り手に、気軽に「茄子一つもろとくわ」とか「白和《しらあ》え五十グラムだけちょうだい」と、わがままがいえる。いいものを適量買う、そんな生活者にとって当たり前の条件が京都にはある。

「まあええやん」の夕食

今は亡《な》き敬愛する随筆家、大村しげさんの本を読んでいると、京料理の合理性にほれぼれすることがある。

京都では、煮物のことをよく「炊いたん」というが、東京のように甘辛く煮詰めることがほとんどない。時間をかけて煮含めても、ひたひたの汁が残るように炊く。

はんぺんと葱《ねぎ》の煮物の項を読んでいたら、「おかずにもなり、お吸い物にもなる得なおかずである」とある。

はんぺんは一人に一つ丸のまま、お吸い物より少し濃い目に淡口《うすくち》醤油でととのえ、笹《ささ》に見立て斜めに木口《こぐち》切りした葱を加えた料理だ。

見た目にもほのぼのしそうな料理だが、ひたひたのお汁が残るようにして炊けば、素材の味も生きる上、煮汁も別なものとして味わえるのである。

大振りの漆のお椀《わん》、あるいは直接口をつけても違和感のなさそうな京焼の器をさっそく選びに出かけた。大きめの小鉢というかカフェオレボウルほどの大きさの器を手に入れ、その器を前に、はんぺんと葱以外の組み合わせに思いを馳《は》せる。

ひろうす（雁《がん》もどき）と拍子木切りの大根、夏ならゆばとみょうがもいい、冬は生《なま》麩《ふ》と水菜もいいかもしれない、と想像が膨らむ。素材を二、三種類に押さえることだけ気をつければ、簡単で合理的、見た目にも立派な京料理のできあがり。これに小鉢とご飯で充分夕食になる。

京都は麵《めん》類のつゆもちょっと濃い目のお吸い物程度の味付けだ。そしてつゆは全部飲み干すことが多い。麵類のつゆは、最初からお吸い物として考えられているといったほうが当たっている。お醤油よりもだしの味がまさったつゆは残すのがもったいない。

うどんをおかずにご飯を食べる関西人は、東京の人間にはなかなか理解できないけれど、うどんが入ったお吸い物とご飯を食べていると解釈すればいいかもしれない。

東京のうどんの汁は、麵に味を絡《から》めるためのもので、お吸い物とは別ものだ。それで、うどんにご飯が理解しにくいのかもしれない。

京都では、うどんもはんぺんと葱の炊きものと同じ位置にあるのだろうか。

家に近所の子どもが遊びに来たとき、「夕ご飯何つくろうかなあ」とつぶやいた。

すると、

「うちはなあ、きのうスパゲティミートソースにご飯やった」

とその中の一人が教えてくれた。

「えー、スパゲティにご飯？」

思わず聞き返す。

「あっ。違った。焼きそばにご飯やった」

別の女の子は、

「うちはなあ、うどんにご飯に、えーと、あと筍《たけのこ》の炊いたの」

それらのメニューで栄養が摂《と》れるのか心配してしまったが、筋肉が発達した体格のいい子どもたちだ。

うどんはお吸い物の役も果たすとしても、スパゲティや焼きそばは主食としか思えない。けれど京都の子どもたちにとり、それはおかずなのだ。うどんの場合、うどん玉自体がおかずで汁がお吸い物。スパゲティにご飯は、たまたまお吸い物がつかない日のおかずとご飯、だろうか。

東京の京風ラーメン店ではじめて見かけた麵とご飯の取り合わせ。どうしてご飯がつくのかいつも不思議に思っていたが、それはまさに京都の一般家庭のメニューだったのだ。

京都でもお好み焼きやたこ焼きの店が多い。人気の店はどの時間帯も流行《はや》っているが、午後五時以降になるとたいていが居酒屋と化し、テーブルにはビールが並んでいる。

関西では、うどんやスパゲティを含め、小麦粉を使った食べ物は、お米とはまったく別の食べ物なのだろう。

東京でお米と小麦粉が同格か、もしくはお米が少し上だとすると、関西ではお米と小麦粉は別もの、だから一緒に食卓に並べても違和感がない。小麦粉はおかずなのだ。それだけ小麦粉の食感や味が関西人の好みに合っているということなのだろう。

子どもの友だちが「きのうはスパゲティとご飯やった」というのを聞くと、最近は何やらほっとする。たまにはそんなメニューの日があってもいい。

毎回、栄養と見栄《みば》えを考え料理を作る、そんな日常に疲れることがある。

時には関西人のおおらかさを見習いたい。

思えば、東京にいたときは、仕事でもなんでも百パーセントどころか百二十パーセントで生きていた。実際に百二十パーセント求められていたのか、勝手にそう思い込んでいたのかはわからないが、まわりからの要求水準が常に高く感じられ、それでかなり擦り切れてしまった。

京都に住んですぐの頃、東京が要求水準百の都市だとすると、京都は七十くらいに感じられ、気が楽になった覚えがある。

日常が気楽じゃないのは、おそらく自分の気持ちより誰かほかの人なり風潮なりを尊重してしまうから。そうした風潮が漂う街は、本当は成熟した都市とはいえないのかもしれない。

ゆったりした気分で過ごせ、ストレスが溜《た》まったときにはいつでも「まあ、ええやん」といってしまえる懐《ふところ》の深さ。

そんな雰囲気の街の方が、本当は大人の街だ。

勝手に決めてみた「決まりのおかず」

子ども時代、毎日母の買い物について歩いた時期がある。

冷蔵庫に鍵《かぎ》がついていた時代だ。

その時代は専業主婦が一般化した時期とも重なる。家事と育児を一手に引き受けた主婦たちは、それぞれに都合のいい時間を決め、買い物籠《かご》をさげて市場に行くのが日課だった。

母の口からはよく、「八の日」とか「一の日」という言葉が出た。

「今日は一の日だからスーパー丸正に行こう」

すでにサラリーマンが大多数を占める時代でもあったけれど、まだ当時は曜日より日にちを単位に生活をしていた。

京都は、今でも日毎《ごと》の決まりで生活している部分がある。

二十一日は弘法《こうぼう》さん、二十五日は天神さんに始まり、何日には何を食べる、と一部の家では献立まで決まっている。今では、ほとんどの家でおかずの決まりなど守ってはいないが、ある老舗《しにせ》の呉服屋では、ほぼ「毎日」決まりの献立で食事を作っているとも聞いた。代々伝わる年中行事を記した手書きの本を所蔵する家が京都には何軒かあり、本のとおりに生活しようと思うと、だいたいが毎日決まりのおかずになるという。

戦前まで、どの家でもごくあたりまえに作られていた決まりのおかずは次のようなものだ。

月の初めはにしんこぶ。

身欠きにしんと刻み昆布を時間をかけて炊《た》きあわせたもの。

八のつく日のあらめ。

八日、十八日、二十八日には、あらめといって昆布の細切りを乾燥させたものと油揚げとを炊いたおかず。十日に一度は海草をたくさん食べることになるので体によさそうだ。あらめのゆで汁を走りに流すことで台所の消毒にもなったという。

十五日のいもぼう。

えびいもとぼうだらを炊いたもの。この日のご飯は小豆ご飯だったというから、おそらく月の半ばのちょっと贅沢《ぜいたく》な一日だったのだろう。

月末はおから。

昔は支払いというと月末と決まっていた。安いおからは月末を乗り切る知恵だったと想像がつく。

ほかにもからし菜を食べる日、葱《ねぎ》とはんぺんの炊き物の日、塩鰯《いわし》を食べる日、こんにゃくと大根の白和《しらあ》えの日など、数えきれないほどの決まりのおかずがある。

今この通りの献立にしたら、まず子どもから文句が出そうだ。昨日まで肉や魚をメーンにして副菜を何品か食べていた人に、急にあらめのおかずをメーンに、といっても体も舌も目も受け付けないだろう。

けれど、あらかじめおかずが決まっている日があれば、それが月に数日だとしてもずいぶん肩の荷が下りると思う。そしてそのおかずが体調を整えてくれるようなものならなおいい。

今風の決まりのおかずを作ったらどうなるだろうか。気まぐれに思い立ち、自分流の決まりを作ってみた。

まず一日。

月がかわる一日は、気分も新たにスタートさせたいので、旬《しゅん》の食材を使った炊き込みご飯や散らし寿司《ずし》の日。季節を感じられる野菜や魚介類で食卓を飾りたい。

次に八の日。これは月三回にもなるので、飽きない、そして体にいいこと、を念頭に置いて。寒い時期は鍋《なべ》、春から秋口にかけてはサラダの日にしてはどうだろう。また鍋か、の声を封じるにも、月三回はちょうどいい間隔ではないだろうか。サラダの日は、肌寒い季節なら温野菜、夏は生野菜のサラダをたっぷりとり、野菜中心にして体調を整える。

月の真ん中の十五日は、いもぼうに少しならい肉じゃがの日。肉じゃがはだいたい月に一度くらいは作る料理だから、日を決めておけばさらに気が楽だろう。季節によっては里芋やさつま芋も使うことにする。

そして月末は、やはりおから。油揚げ、こんにゃく、にんじん、しいたけをたっぷりいれて、そのままのシンプルなおからでもいいし、冷蔵庫の残り物一掃で肉やベーコンを入れたものもいい。時間に余裕があれば、おからコロッケという手もある。と、そんなふうに考え出すと今風の創作料理のようになり、決まりの合理性が薄れるか。とにかく決まりのおかずの日はシンプルを心がけて。

給料日後に豪華なおかずを作り、給料日前になるとケチケチするというのもやめたい。なにか食卓にまで外の社会を持ち込むようで生活の中の遊びが薄れそうだ。

生活の主体、まして食卓の主体はその生活を営んでいる人のもの。どういう食生活を送りたいのか明確にしておきたい。舌や体の声に耳を澄まし、いい材料を選んで適量を作ることが基本だ。そうすれば経済上もそうアンバランスにならないように思う。決まりのおかず。考えるだけで楽しい。普段の食事を見直すきっかけにもなる。実行するかどうかは、また次の問題だけれど。

夏のほうれん草なんて買われへん

日本の家庭料理は世界一手間も時間もかかる。

けれど、一九六〇年代を子ども時代として過ごした私は、ふと考えてみる。当時の食卓は、今ほど品数がなく内容も簡素だった。丸い卓袱台《ちゃぶだい》には大皿が置かれ、鰯や秋刀魚《さんま》の塩焼きがどんと盛られていた。またある日はなまり節のカレー粉炒《いた》め、豚肉のソテー、煮魚、つみれ汁など。野菜はじゃが芋や里芋の煮ころがし、ほうれん草のおひたし、玉葱のカレー粉炒め、すり下ろしたとろろいもなどが定番だった。

買い物はその日の分をその日に買う時代。冷蔵庫はそろそろ一般化したものの冷凍庫はなく、電子レンジもなかったから一週間分のまとめ買いはできない。食事づくりが煩雑《はんざつ》になったのは、冷蔵庫のなかの買い置きが増えたことも一因ではないだろうか。

その日は秋刀魚と決めれば、昔は秋刀魚を焼くだけですんだ。今は冷蔵庫を開け、気の利《き》いた副菜をもう一品、とつい考えてしまう。一汁三菜を毎日の食卓に持ち込んだ料理研究家の責任も大きいと思う。

その上、和洋中どころか世界中の料理が家庭に入り込み、さらにお弁当の習慣もあるから、主婦の食事づくりは際限がない。

戦後経済的に豊かになっていったからといって、ここまで無節操に海外のメニューを受け入れた理由は何だろう。欧米人の体格のよさに圧倒され、和食に引け目を感じてしまったのだろうか。

はじめて錦《にしき》市場に足を踏み入れたとき、私は異邦人になった。

錦はほぼ和食だけの宝庫。だからこそ無国籍の食生活になじんだ目にはなにもかもが新鮮に映り、一軒一軒の一品一品を見てまわった。

そのうちにタイの屋台街を歩いたときと同じ感覚に陥り、こまかな細工がほどこされた練り物や揚げ物を買い込み、頬張りながら錦を歩いた。海外にいると錯覚するほど、異質なものを感じていたのだ。そんな私を錦の人がどういう目で見ていたか、今思い出すと赤面してしまうけれど。

真夏の八百屋には、いんげんの倍以上長いささげ、まあるい賀茂茄子《かもなす》、むかご、万願寺とうがらし、ずいき、木胡椒《ごしよう》などが所狭しと並んでいた。

練り物の店には、銀杏《ぎんなん》を包んだ小さなはんぺんや、はものすり身の揚げ物。おばんざいの店にはたくわんの炊いたもの、五目豆、こんにゃくとほうれん草の白和え、小芋の炊いたものなど、夕食のおかずにしたいものがずらり。

意外だったのが魚屋で、鮮魚を扱う店のほかに、はもの照り焼きや鯛《たい》や鯖《さば》の塩焼きなど調理ずみの魚だけ扱う店が数軒あり、ひときわにぎわっていたことだ。

魚は焼いたものを買って食べたことがない。串《くし》を打ちきれいな姿形に焼かれた魚が、海から遠い京都だからこそのものだろう。

卵焼きの専門店、川魚だけ扱う店、ふぐ専門店、生麩《なまふ》の店、昆布の店、ゆばをはじめあらゆる乾物を扱う店、柚子《ゆず》胡椒、白胡椒、山椒など和の香辛料を扱う店などが軒を連ねる。

錦市場は細長いたった一本の道だが、この道が和食文化を頑固に守ってきたのだと感じられた。

そこには、戦後、日本人が捨ててしまった和食へのプライドも残っていた。

それも、田舎ではなく都市生活者のための和食という形で。

冷蔵庫のない頃は旬《しゆん》のものしか口にしようがなく、それこそが和食の基本を生みだし、そして食事に節度を持たせていたように思う。

京都人の日常には今も旬の概念が健在だ。三十代の主婦は、春夏秋冬の旬どころか、各月の初旬、中旬、下旬に分けて書かれた料理の本をぼろぼろになるまで使って旬の料理を覚えたと明かしてくれた。京都には、今でもこういう人が健在だ。他の地域より早くから多彩な料理を食べていた京都人は、和食が洋食に引けをとるとは思ってもみないのかもしれない。

ある日、野菜はほうれん草しか食べないという三歳の子どもを持つ友人が、

「夏はかなんなあ。子どもの食べる野菜がないわ」

そうぼやいていた。

「ほうれん草は？」

私が聞くと、

「夏のほうれん草なんて買われへん。水っぽくておいしくないやん」

きっぱり言い切った。

こんなふうに育てられた子どもは、きっと自然に旬を覚えるに違いない。

彼女は、春には毎日のように筍《たけのこ》を食べ、夏はずいきや瓜《うり》の葛《くず》あんかけ、鱧《はも》の落とし、新物の大豆が出まわる晩秋からは数日置きに昆布豆を炊き、冬は葉物野菜を堪能《たんのう》、そ

して一度は錦のふぐ専門店でてっ刺しを買うという。こうした生活が身についていると、夏はほうれん草に、冬は茄子に手が伸びることはなくなるのだろう。旬の食材を使うと、素材自体がおいしいからメニューも簡素化され、料理の手間も時間も短縮できる。

いまは、数多くの食材を使わないとなぜか手抜きととられる風潮がある。けれど、例えば筍づくしや鱧づくしなど、単一の食材で季節感を出し食卓を彩《いろど》る方法もある。茄子がおいしい季節には毎日茄子を食べたらいい。さっと焼いてしょうが醤油《じょうゆ》。揚げ煮、煮びたし、味噌《みそ》炒めなどいくらでも食べ方はある。

冷蔵庫にあるものを寄せ集めての「創作料理」全盛の食生活を見直してみる時期かもしれない。そうした料理は、子どもの世代にあえて受け継いでほしいものでもない。雑誌やテレビは、料理の枠を維持するために新しい料理を考えつづけ、主婦はそれが存在証明でもあるかのように目新しい料理を食卓に並べる。けれど、それで日本の食卓が豊かになっているかは怪しい。

旬を無視し、土地柄を無視した料理は、どうしたって調味料に頼りがちになる。世界各地の香辛料と和洋中の化学調味料やレトルトの味つけの素《もと》があふれているキッチンが豊かなのかどうか、問い直してみてもいい。

赤ちゃんの頃から調味料に頼った食事を続けていたら、食べ物本来の味を楽しむセンスなど育つはずもない。

スーパーに行っても、旬のものだけ選ぼう。京都人から教わった大切なことの一つだ。

宇治茶を飲んで通い婚を思う

京都の老舗茶舗は敷居が高い。

街中を歩いていて、ちょっと緊張感がほしい、と思ったときにわざわざ立ち寄ることがあるほどだ。

店に入ると、たいていすぐに一服のお茶をすすめられる。立って飲むのも抵抗があるので、椅子《いす》に腰掛けることになったりする。

一番おすすめのお茶はどれかとか、新茶の産地とか、何か質問すれば即座に若い店員さんが丁寧に答えてくれる。

若い店員イコール気が利かないという常識は老舗茶舗ではありえない。なにより誰もが商品に並々ならないプライドを持っている。そして、知的で気品さえ漂う応対に乗せられてしまうのか、つい考えていたより高めのお茶を買ってしまったりする。別にその店に入ったからといってこちらの格が上がるわけでもないのに、そんな気にさせられてしまうのは老舗の格に私が負けているからだろう。

最近おいしいと思ったお茶は、二条通御幸町にある『柳桜園茶舗《りゅうおうえんちゃほ》』のこれもつい買ってしまった『特上熱湯玉露』。玉露に、京都では「かりがね」と呼ぶくき茶を混ぜてあり、くき茶独特のさわやかな甘味と玉露のまったりしたとろ味が溶けあって舌の上にふわーっと広がる。

おいしいお茶は京都市内でいくらでも手に入るけれど、時々、より本場である宇治まで出掛けることがある。

宇治橋の東詰にある『通圓《つうえん》』は、源頼政《よりまさ》と関係が深かった橋守りが開いたといわれる店で、つまり創業は平安時代。今の建物は一六七二年、宇治橋の普請《ふしん》のさいに工費で立て替えられたものだとか。間口は広いけれど奥行きがわずかしかない店内は、いかにも旅人が一服しに立ち寄った茶屋の雰囲気そのもの。

ここでは『柳桜園』の『特上熱湯玉露』と同格かすこし上のようにも感じられるかりがねの『花園』と無農薬のほうじ茶を買う。

店を出たあと、時間があれば宇治川の畔をゆっくりと歩き、気に入りの場所に腰を下ろすのが習慣のようになってしまった。

右を眺めると、数年前に鉄製から木製のものに架け替えられて風情を増した宇治橋。

左には塔の島に架かる三本の朱色の橋。石のベンチに腰を下ろし、勇壮な川の音にただ耳を澄ましていると、ふいに時の流れが変わり、平安時代に遡《さかのぼ》れるような錯覚を覚える。なんとも優雅な時代の人間になったような気分になれてしまう。

宇治は、平安時代に貴族が競って別荘を持った地。源氏物語の『宇治十帖《うじじゅうじょう》』では、宇治橋の近くに八の宮の山荘、夕霧の別荘が配置されている。当時は都から宇治まで牛車《ぎっしゃ》で二時間ほど、馬ならもっと速く着くことができたとか。

源氏物語にもあるように、その頃はほぼ母系の血族で生活をともにし、女性のもとに男性が通ってきた。庶民の暮らしの中にも今のような結婚形態はなかったと考えられている。男女の中も家族関係も、今よりもっとゆったりとし、風通しがよかったのではないか、なんて空想する。

男性が通ってくるのを待つだけの女性の立場など低かった、と捉《とら》える見方もあるが、その後の父系社会と違い、女性も財産を持っていたので待ってばかりではなかっただろう。

待たなければならないのは、いつの時代も経済的に弱い立場の人間ではないだろうか。夕食を作り、いつになるかわからない家族の帰りを待つ今の主婦だってかなり弱い。

弱い立場の側が、相手を恋こがれて待つのなんてロマンでもなんでもない。ロマンどころか生存本能のなせる技ではないか、などと勘繰ってしまう。

いつの時代も、誘いをかけるのは大方男性のほうだ。平安期も男性が女性にまず歌を送ったりして誘ったのだろう。それで女性がその気になれば待ってみただろうし、そうでなければさっさと友人の家にでも遊びに出掛けたのではないかと想像する。

千年も前の平安時代の男女関係、家族関係に思いを馳《は》せるとき、逆に今の家族や結婚制度が特異なものに感じられる。

平安朝が終わり、武力に価値が置かれるにしたがって女性の地位が低くなり、封建制が一般にまで敷かれた明治時代から戦前まで、女性は恋愛する自由も夢のまた夢だった。いまはそこから回復した時代だといわれるけれどそうだろうか。

過労死や過労自殺が頻発するサラリーマン社会と、そんな状況で働く男性を無償で家事や育児をこなして支える女たち。

そんな生活を女性は望んでいるだろうか。女性は本来、もっと生命力にあふれた生き方を求めるものではないだろうか。一人の男性に制度などで縛られることなく、その時々にふさわしい相手を選びたい性のように思う。

結婚は女性のためにある、と思っている人が多いが、本当だろうか。生物学の権威さえ、女性は自分の子どもを男に養育させるために一年中発情するようになった、などというが、根拠に乏しい。

人間の女性が他の動物と違い、一年を通してセックス可能なことに意味を見つけるとしたら、それは子どもの父親を引き留めるためではなく、多くの男性を惹きつけるため、と考えるほうが合理的なように感じる。経済的な問題がクリアになり、母系制家族や友人家族との住み合いなど子どもを養育する器が整うなら、父親にこだわる必要はなくなるのだから。

あくまで私見だけれど、年に十二、三回も排卵する稀《まれ》な能力を持つ人間の雌は、子どもができたからといって魅力は薄れはしないはず。もし魅力がなくなったとしたら、それは育児を一人で抱え込んだ上に、夫の身のまわりのことまでしなければならない環境に置かれているせいかもしれない。

一年を通して発情可能なことと一夫一婦制は、むしろ相反する性格を持つ。

広々とした宇治川の景色を眺めながら空想する。

家族や結婚に縛られず、子を産み、ただその子を可愛《かわい》がり、成長させられたら、と。

「今日は夫が出張やから、夕飯楽やわあ」と多くの女性が言う。経済力に差があるところには、必ず評価が生まれるから、夕食作りさえ自由じゃないのだ。家の中に評価する人がいれば、楽しいことも苦痛になってしまう。

女性は妊娠も、子育ても本当は楽しいのだと思う。そして子育てと同じように、自由な人間関係を楽しみ、人生を豊かにできたらどんなにいいだろう。

時々宇治橋まで出掛け、その力強い川の流れと優雅な景色の中に身を置くたび、窮屈な今の時代から離れ、つい過去と未来に遊んでしまうのである。

4 すべての価値は自分が決める

壁も襖《ふすま》も茶色いもんなんです

これまでに京都の町家を何軒か訪ねた。

どの家も、廊下や階段はぴかぴかに磨かれていた。築八十年の家の檜《ひのき》の廊下など、新築のような木肌の色を保っている。毎日よく絞った雑巾《ぞうきん》で拭《ふ》き掃除をしているとのこと。本物の木は、手入れに応《こた》えてくれるのかもしれない。

だが、どの家も本当に薄暗い。

日が差し込まないせいもあるが、壁は暗い黄土色や赤茶色、襖は飴色《あめいろ》に色変わりしていたりする。

もともと町家は日の光をあえて入れない設計だが、それならせめて、なぜ壁や襖の色を光を反射する明るい色にしないのかと疑問だった。

京町家の修復を手がけている建築関係者に会ったとき、その話をした。

すると、

「関東はいい土がないから壁の表面に漆喰を塗らなければならない。土が脆《もろ》いんです。ところが京都は壁に最適の土に恵まれている。漆喰で固める必要がない。だから壁が土そのものの色なんです。土を塗り、固まった時点で〝石〟に変わるほど粘度の高いいい土なんですよ。火事が起こっても数十分は隣の部屋への類焼を防ぐ。丈夫な壁だから、上になにも塗る必要がないんです」

聞いてみないとわからない、というか勉強不足だったのだ。

壁は白くて当たり前、ではなかった。京都では土色が当たり前だったのだ。漆喰を上塗りするのはお寺くらいだとか。

では襖が暗い色なのはどうしてだろう。

私が育った家では、襖は破れていなくても赤茶けてくれれば新しく張り替えていたように思うが、こちらでは立派な町家でも何十年も襖紙を張り替えることはないようだ。店から見える場所にあっても客間でも、ほとんど土壁と同じような色になった襖を平気で使っている。土壁が黒いから、襖や障子、畳の変色が目立たないともいえるのだが。

口の悪い友人は、「京都の町家は古色蒼然《そうぜん》」という。古いものをただ古いというだけで不要にしてしまう文化がないことは確かだ。

古いものを新品に取り替え、気分も一新させる。そうした習慣が、東京では江戸の頃から引き継がれている。京都ではそうした気分転換が不要なのだろうか。

梅棹忠夫《うめさおただお》氏の言葉を思い出す。

「江戸庶民は宵越しの銭は持たない、といって散財した。それは見栄《みえ》以外の何ものでもない。つまり田舎ものなんだと思う。京都人は普段は質素に暮らしていても、本当にいいと思ったら結構えらい買い物をするんです」

たしかに壁を塗り替えたり、襖紙を張り替えるときは、大事な来客とか、家の者以外の目を意識した見栄であることも多い。

京都では他人を意識した行為自体、田舎もののやること、と冷ややかに断じる。

上等な土壁、手漉《てす》きの襖紙は、ひどく損傷しない限り、おそらく家が壊されるまでそのまま使われるだろう。年月が重なるほどに大切にされながら。

青畳や新しい襖、真っ白な障子紙をよしとする中に育った目に、町家の座敷は陰鬱《いんうつ》に映る。けれど彼らのスタイルを覆《くつがえ》すだけのものを私は持っていない。

逆に、畳や襖を替え気分を一新したい、という感情はどこからくるのだろう、と考え込まされる。

部屋の模様替え、洋服や髪型でのイメージチェンジ、あるいは羽目を外して気分の高揚を求めるような祭り。

　京都の人間は、たぶんこれらに大した興味を持っていない。

　気分転換は不満がたまったときに捌《は》け口として必要になる。不本意に選びとらされた生活、お仕着せのライフスタイルなど、生活全般で不満が鬱積したときに気分転換が必要になる。

　逆にいえば、衣食住、そして社会生活を他者にコントロールされずに暮らしていればガス抜きとしての気分転換は必要ない。京都人は、他人にコントロールされにくい下地を血の中に持っている。

　祇園祭《ぎおんまつり》は庶民の財力や美意識を表現するために始められたもので、気分を晴らしたり高揚させるために始まった祭りじゃない。それは今も同じで、ひと月にわたる祭りは粛々と丁重に進められ、羽目を外す場面はない。辻々《つじつじ》を賑《にぎ》わせていた山鉾《やまぼこ》も、巡行が終わればすぐに解体され、夕方には何事もなかったように平常の風景に戻る。それが鉾町の人間の美意識なのだ。

　諏訪《すわ》の御柱祭《おんばしらまつり》、岸和田のだんじり祭、浅草の三社祭など、そこに高揚感を求めるものとは根底に流れるものがきっと違うのだ。

　京都の人間にとっては、他者に見栄を張ったり、あるいは空元気に振る舞うなど意味のないことなのだろう。

自分がよければそれでいいのである。それこそが脈々と流れる京都人の核に違いない。

土壁は暗い。けれどそれは「土の質が他所《よそ》より優れているから」と自信満々で答える。どんなに汚れても張り替えない襖を、もし他人から指摘されれば「今時こんなに上等の襖紙は手に入らない」と即座に切り返すに違いない。

おそるべき自己肯定、自己中心。

京都の人間は、つねに静かに戦っている。

分をわきまえる、の意味

「京都の人間は、自分の分というものを知っとるんでしょうなあ。みんな分をわきまえてはる。だから他人にもそれを認めてほしいんやなあ。それで他人のことも尊重するんだと思いますよ」

生粋の京都人からこう聞いたとき、意味を理解するのに時間がかかった。

「分をわきまえる」とは、「身のほどを知る」ということ。それは、どちらかといえば、小さな自分を自覚しなさい、という意味を孕《はら》んでいるのだと感じていた。

ところがその人のいう「分」は、「価値」とか「真価」という言葉に置き換えられそうなのだ。

つまり、京都人にとって自分を知るということは、肯定的な態度で知るということ。謙遜《けんそん》もなく、逆に下駄《げた》を履かせる必要もない。

分をわきまえる、とは、正しく自分の価値を知り、その上で人間関係を築く、ということのようなのだ。

京都の人は経歴で見栄を張ることがないなあ、とは前々から感じていた。経歴が客観的にどのようなものであろうと、自分が生きてきた歴史をその通りの価値で受け容《い》れ、その価値を大切にしている。

特別に有名になったり出世したりしなくても、生活を営み続けてきたこと自体、十分に価値があると認識しているように感じられるのだ。

こんな話も聞いた。京都の人は政界に立候補した人間に対して、「おっちょこちょいやなあ」と陰で囁《ささや》くのだとか。

一生活者として誇りを持ちながら生きる京都人は、人からの評価に右往左往する東京人よりやはり一枚も二枚も上手かもしれない。

以前、京都出身のタレント、三田寛子《ひろこ》をインタビューしたことがある。彼女は二十歳そこそこの頃だったが、こちらの問いを正確に聞こうとし、吟味しながら答えるようすが印象に残っている。その後、中村橋之助《はしのすけ》と結婚し、難しい歌舞伎《かぶき》界での役割もそつなくこなしているようす。

一方で、梨園《りえん》の妻になったものの周囲との軋轢《あつれき》などからわずか数年で離婚したり、家の格が違うからと結婚を反対されているタレントもいる。

「お父さんはタクシーの運転手をしていてえ」。『徹子の部屋』でそうしゃべっている三田寛子を少し前に見た。お父さんがタクシーの運転手だからどうということではないが、歌舞伎の世界に入るパスポートとしては通用が難しかったのではないか、と思ってしまったのも事実。

けれど、彼女の口振りからはそんな雰囲気は微塵《みじん》も感じられず、「これが京都の人かあ」と納得させられてしまった。

家の格の差、などというものは、引け目を感じた時点で起こるのであって、はなから差など感じていなければ問題にならないものかもしれない。差を感じていなければ隠そうとも思わないだろうし、隠すつもりのない相手に向かって「家の格が」などといったらいったほうの人間性が問われてしまいかねないから。

彼女は、タクシーの運転手として家を支え育ててくれた父親を、橋之助の父親と比べることはしなかっただろう。自分の父親の生き方への揺るがない肯定が、彼女の中にあったに違いない。

今を生きる親の多くは、世間ばかりか、我が子にも虚勢を張っていないだろうか。立派な父親、完璧《かんぺき》な母親としての姿を子どもに見せたくて、かえってうまく子どもと関われない、子どもといると疲れてしまう。しかも立派とか完璧というのは、あくまで世間的価値が基準だから、大方の親は自信を喪失したまま子育てをつづけるしかない。子どもがいること自体、親であること自体がストレッサーという追いつめられた環境で、なんとか子どもを大きくしているというのが現実ではないだろうか。

地に足を着けた生活が送りにくいのだ。情報や新製品が氾濫《はんらん》し、評価主義が徹底した中で暮らしていたら、たいていの人間は自分を見失いがちになるのも無理はない。けれど京都人はなにか少し違う。社会がおかしくなるほどに、そんな社会を冷ややかに見据え、鼻先でふふんとあしらい、自分の分をさらに確かに認識しようとしているように見える。

京都人のDNAには、千二百年の政変の歴史が刻まれている。入れ替わりやってくる血の気の多い、のちの歴史に残る人物たちを、庶民は時に冷ややかに、時に浮き浮きと、観客になって興味津々《しんしん》見ていたに違いない。

ちょっとやそっとの世情の乱れは、あって当たり前。まさにそんな歴史を京都の人は生きてきた。

たしかに今の日本はかなりおかしいが、すぐそばの河原で処刑が繰り返されていた歴史の中に置けば、京都人にとって許容範囲を超えるものではないのかもしれない。

どんな世情にあっても、どんな環境に身を置くことになっても、分をわきまえる、つまり自分の価値を肯定できる人間ほど強いものはない。そしてそのありのままの価値を人に認めてほしいという発想は、きわめて健康な精神構造だ。

京都の人は裏表がある、冷たい、という人も多いけれど、物事に右往左往しがちな人からみたら、右往左往しない人間はそう見えるということかもしれない。

京都人の強さが私はほしい。

人の「値打ち」は自分が決める

「そんなん値打ちあらへん」

「もっと値打ちあるもん買うてくれたらええのにぃ」

京都人は、値打ちという言葉をしばしば使う。

東京では意味は浸透していても、まず人の口から聞くことはない言葉だ。

「値打ちあらへん」ときっぱり言い切るのを初めて耳にしたとき、京言葉にしては珍しい、と感じた。何事もあいまいにぼかすのが美徳のはずなのに、「値打ちあらへん」とやってしまったら、身も蓋《ふた》もない。

けれど京都人は、あまり大げさな場面でこの言葉を使っているわけではない。どこそこの和菓子だとか、福袋の中身だとか、子どもの雑誌の付録だとか、値段も安く、けれどその値段の割にも大したことがなかったり、後々残らないものなんかに「値打ちない」という言い方をする。

でもそれが烙印《らくいん》であることには変わりない。

本音をなかなか出さない京都人の、裏側が垣間《かいま》見える言葉だと思う。きっと京都人は本当のところ、心の中で絶えずてきぱきと物事や他人への判断を厳しく下しているのだ。けれど、こと人に対する評価などはおくびにも出さないし、親しい相手にも婉曲《えんきょく》に表現しながら付き合う。

けれど京都人が、ことさらささやかなものに「値打ちない」と判断を下したがるのは、人への評価も厳しいことを隠している証拠のようにも思う。

京都の人間は東京の人間に比べて選り好みして人と付き合う。「値打ち」があるかないか、シビアに判断しているのだろう。

「値打ち」という言葉は、それを発した側の人間が完全に主体になっている。ゼロから百まで、あるいはピンかキリか、どう判断を下すのも自由、といった雰囲気がある。

東京の人間なら「値打ち」の代わりに「価値」とか「使える」「使えない」といった言葉を使うだろうか。

「あいつって使えない」などと東京の人間は気軽に口にしてしまいそうだ。けれど京都人は「あいつ値打ちあらへん」とは決していわないような気がする。それほど「値打ち」という言葉はきついのだ。全人格に対して下すニュアンスだ。

しかも発言者は、自分の主観に相当な自信を持っている。

京都人が冷たいと思われているとすれば、自分の目で人をランクづけするところが、それを表に出さなくても何となくそう感じさせるのではないかと思う。

十代後半の頃、こんなことがあった。

バイト先のホームベーカリーで、若いパン職人とバイトとで飲みに行こうということになった。男の子たちの目当ては、新しくバイトで入った京都出身の女子大生だと察しがついた。すらりとしたスタイルに色白の細面。たしかに整った顔立ちだったが、つんとすました雰囲気がいっそう彼女を美人に見せていたように思う。

閉店時間が迫った頃、パン職人の一人が、「今日の飲み会行くでしょ」と念を押すようにたずねた。彼女は微《かす》かに微笑《ほほえ》んだような気がしたが、何も答えずにレジ回りの整理を続けていた。パン職人の男の子たちは気もそぞろ。そして彼女はエプロンをロッカーにしまうや、愛想や笑顔の一片もなく涼やかないつもの表情で「お疲れさま」の一言だけ残し風のように店の外へ……。

私を含め、全員が呆然《ぼうぜん》と見送り、屈辱の思いをただ噛《か》み締めた。

もし私なら、いかに気が進まない誘いでも、断る口実くらいは一生懸命考えただろう。断るのは大変なエネルギーを使う。相手の好意を無にしてしまう苦しさと、なんて思われるだろう、という保身も働く。

けれど彼女はそんな小心者の煩悶《はんもん》とは無縁にさらりと生きていける人間だった。初めて出会うタイプだった。

今思うと、あれが京都スタイルだったのだ。

彼女が、パン職人やバイト仲間をどう評価していたかはわからないが、少なくとも誘いを断る言い訳などは考える必要のない存在だったことはわかる。私たちにそんな「値打ち」はなかったのだ。

京都人は、心と裏腹の言葉を口にはしても、心と裏腹な態度をとることはない。今では断言できる。たいして評価をしていない相手に媚《こ》びへつらうどころか、何かの言い訳だってするつもりはないのだ。そんな相手に頭を悩ませたり厭《いや》な思いをするなんて無意味、と思っているに違いない。

そして、心と裏腹に、下手に親切にしたりすると足下をすくわれかねないという警戒心もあるかもしれない。相手より上と思っていたのが、ちょっとした気の緩みで同等の「値打ち」になる可能性だってないとはいえないから。

京都に住んでずいぶんたつのに、いまだに「こんなん値打ちあらへん」と聞くとどきっとする。

いくら柔らかなイントネーションでしゃべられても、「値打ち」という言葉が出た途端、京都人の凄味《すごみ》が伝わってきてしまう。

企業内での序列でばかり「価値」を判断する東京人に比べれば、生活者として「値打ち」をつける京都人のやり方のほうが現実的だし人間くさい。そして決定的に冷たい。企業内の序列など、会社を離れれば、あるいは自分自身そこに価値を置かなければ、どうということはない。

けれど人間として「値打ち」をつけられるのは怖い。この言葉を聞くと、何事もあいまいにぼかすことが美学のはずの京都の「狐《きつね》のしっぽ」を見てしまったようでどきっとするのだ。

紹介者のいない客の末路

京都は、都市として手頃な規模なのだと感じる。北西に位置する西陣にいても、南東の東福寺あたりのことをなんとなく意識して生活しているのではないだろうか。縁日や祭りが多いせいもあるだろうが、ああ、今日はあの辺で何かあったな、というように頭の中で京都中を網羅することができる。

人と人とのネットワークも同じように京都中張りめぐらされている。

京都は紹介の文化だといわれる。産業界や茶道界の重鎮など、それなりの手順を踏まなければ会うのが難しそうな人物でも、間に入ってくれる人がいればフリーパスの世界らしい。そうして生まれた関係を京都の人はとても大事にし、紹介によって広がったネットワークを仕事や日常生活にフルに活《い》かしている。

家具や貴金属など高価な買い物をするときは、まずそうした伝手《つて》を当たる。個人の伝手がなければ百貨店の外商を当たる。京都ほど外商を通して買い物をする人が多いところはないのでは、と思うほど、日常会話の中に大丸の外商、高島屋の外商、という言葉が頻繁に出てくる。

そして着物。着物を買うときには間違いなく伝手を利用する。伝手を使わなければならない理由があるからだ。呉服関係の人間は九十九パーセントどころか「九十九割」嘘《うそ》つき、と教えてくれた人がいる。彼こそ当の呉服関係者だ。そして「着物はいい環境で買わなあかん」と忠告する。

「いい環境」とは、名の通った店とか大きな店、という意味ではない。まさに「しかるべき人の紹介がある」ということなのだ。紹介者がいてはじめて「ヘンなもの売りよらへん」環境になるらしい。呉服に携わっている本人の口から堂々と「ヘンなもの売りよらへん」と聞かされると、逆に紹介者なしで買いに行った場合、よっぽどひどいものを売りつけられるのか、と想像できてしまう。

京都では、物の価値がわからない人間は端《はな》から相手にしてもらえない。そして、みんな自分が一番物の価値がわかっていると確信しているから、ふらっと現れた人間は取りあえず格下に置かれることになる。そしてそれなりのものしか売ってもらえないのだ。しかもおそらく高値で。

京都で紹介とは、自分が価値があると認めたその人が、価値ありと認めた人と引き合わせてくれる、ということらしい。それで紹介された時点で、相手と同等に付き合える資格を得ることになる。着物なら上等なものをすすめてもらえるだろうし、一度できた人間関係は途切れないように腐心するのが京都人だから、値段も妥当なものになるはずである。

着物とはずいぶん違うけれど、この前、錦《にしき》市場でこんなことがあった。豆皿や珍味入れ、箸《はし》置きなど小間物だけを扱っている陶器店がある。選りすぐりの可愛《かわい》い器に、思わず足を止める店だ。その日は、醤油《しょうゆ》差しが見たいと思って中に入った。桜で満開の吉野《よしの》山《やま》が描かれたものに目がとまる。底を見ると五千円を超える値札。

「やっぱりいい値段ねえ」

なんてつぶやいていると、

「値段見て高かったら清水焼《きよみずやき》と思って間違いおまへん」

店の主《あるじ》がすかさず話しかけてくる。清水焼のほかに有田焼と美濃焼《みのやき》が置いてあるが、清水焼はそれらの二倍から三倍だという。

「清水でも有田でも割れるときは一緒ですよねえ」

何度も清水焼を割ったことがある私はいった。

「そらそうです」

「土の質とか硬さとか、違わないんですか」

「一緒です」

「それでも値段が違うのは、やっぱり柄の違いなんでしょうか」

「柄も質もみーんな一緒です」

きっぱり言われてしまった。しばらくして、

「清水と有田で柄や質が違うと思うてはりますか」

店主は反対に質問してくる。

「なんとなく清水焼のほうが温かくって雅《みやび》やかに思うけど」

「へーえ、そうでっか。ほな、それはなんででしょうなあ」

追求されてしまう。典型的な京都人。

「京都には貴族が長いこといたから、職人たちは常に最高のものを作ろうとしてきた。その歴史が流れているというか」

「ふふーん」

鼻であしらわれてしまった。でもちょっとは興味をもたれたのか、

「これの値段当ててみなはりますか」

棚の上のほうから珍味入れを取り、私に差し出す。

じっくりと色、柄、焼きなどをチェック。いいものとも思わないし、好みでもない。

「千五百円」

正直な感想をいった。すると、

「そういわはると思うたわ。せいぜい二千円くらいといわはると思うてた。二万円でっせ。この柄を見てみなはれ。こんな細かい柄、一日ひとつしか描けしませんがな」

彼は得意満面だ。

「でもこの縁のところにむらがあるし、紺色は焼き方のせいか色がくすんでいると思うけど」

「あんたもよういわはるわ」

珍味入れを棚に戻しながら、

「教えましょ。有田は手描きと印刷半々。清水焼は百パーセント手描きや。そこが清水焼と有田焼との違いです」

最初は違いなどないといっていたのに、気を持たせてからようやく教えてくれたのである。

絵柄は印刷すれば大量に安く作れるけれど、清水焼に携わっている陶工たちにはそんな発想すらない。それこそが価値を高めているのだろう。

「いいもん買いたいなら、勉強してからまた来なはれ」

結局、私は店の格に合わなかったらしい。骨董屋《こっとうや》ならともかくただの陶器店なのに。

「今度来た時、吉野桜の醤油差しを高いと思わなかったら買おうかな」

そういって店から出ようとした。

「そりゃだめや。今度来た時はきっとこの醤油差しは買わんわ」

意味ありげにいう。

「出会いは一度っていうことね」

答えなくてもいいのに答え、おじさんをさらにいい気分にさせてしまう。

「ふーん、そういうことや」

京都人は自分の知識や価値を示せるチャンスは絶対に逃さない。

本当に浮き浮き話してくれる。そうやって気持ちよく話しながら、こちらの値踏みまでするのだから油断できない。

陶器店のあるじは、その日一日心楽しく商売をしたに違いない。

着物どころか醤油差しひとつ買うのも、紹介がないと苦労するのである。

しきたりは怖い　楽しい

家の近くに駐車場を借りようとしたときのこと。

駐車場の貸主から、契約書を持っていく日にちを決めたいという電話をもらった。カレンダーを見ながら「来週ならいつでも」と答えた。

謎《なぞ》の沈黙のあと、

「月曜日は仏滅ですから。大安の火曜日はどうですかぁ」

そういわれ、生まれてはじめて大安とか仏滅といった縁起の世界に巻き込まれている自分を悟った。けれどそうしたことにまったくうとい私。

「火曜日はあいにく用事があるし、大安じゃなくても全然気にしません。金曜日は一日家にいますけど」

すると、

「金曜は友引やから午前中いうことになりますけど、十時頃おられますかぁ」

車の事故が起こらないようにと縁起を担《かつ》いでくれたのだろうが、大安や仏滅を取り入れた暮らしはしたことがなかったので、ミステリアスでもあり、平板な生活に気が重い遊びが入り込んだようでもあった。

京都には、今でも縁起やしきたりが日常に生き続けている。

その中でも出産祝いには京都独特の縁起としきたりが生きている。お祝いを持参するのは大安の午前中。広蓋《ひろぶた》という家紋の入ったお盆にお祝いの品とお祝い金の入ったのし袋を載せ、上に袱紗《ふくさ》を掛けて相手の家の玄関に持参する。祝ってもらった側は、その場でお祝いの品とお祝い金を合算した額の「一割」を封筒に入れて返すというのだ。

この話を聞いたとき、本当にびっくりした。もらったお祝い金を家の中で開けて金額を確かめ、品物の値段の見当もつけてその一割を返すなんてあまりに直截《ちょくせつ》的。

しかも一割は、お祝いをもらった家が相手の家に返礼として内祝いを持って行ったとき、戻される。内祝いを持って行って初めて全額お祝いがもらえるのだ。

この一割のお返しのことを「おため」と呼ぶ。最近お祝い事のあった友人は「相手を手ぶらで帰らせないため」の知恵だという。

けれど、私は意地悪な解釈をせずにいられない。「おため」とは、きっと内祝いをもらうまでの「質草」なのだ、と。

東京の人間はそんなややこしいことは考えも及ばない。

京都の人間は、物のやりとりの中にさまざまな思惑を秘め、若い人も踏襲することが多い。

たとえば、おかずをおすそわけしてもらったら、器に必ず何か入れて速やかに返す。京料理を知らない私に、時々季節のおかずを届けてくれる友人がいる。東京でのことだったら、たまたまこちらにもあげたいものがあればそれを入れて返すが、なかったら洗っただけの空の器を返しても失礼にはならなかったように思う。けれどいまではチョコレートひとつでも入れてなるべく早く返すようになった。

京都独特の年中行事が事細かに書かれた本が何冊もあるが、それらには行事やしきたりの「形」と「方法」しか載っていない。

何人かの京都人に聞いてみると、その場で一割返す「おため」は、「おうつり」ともいい、慶事が相手にも移るように、との願いが込められているのだとか。だったら、それをまた戻さなくてもいいのでは、と私は考えてしまう。「おため」が東京周辺にはないことを考えると、やはり都の生活の中で年月をかけてできあがった形なのだろう。そうやっていちいち納得しながらでなければ、なかなか京都のやり方を受け入れるのは難しい。

一度できた人間関係は細く長く大切にする。そのために頻繁に顔をあわせる工夫をし、けれどお互いに無理をして気まずくなるのを避けるために、さまざまなテクニックを駆使する。う。祝い事なら訪問は大安の午前中。そう決まっていれば相手の準備も整う。内祝いやおすそわけのお返しは速やかに。ものを借りたらすぐ返す。

それらはどれも良好な関係を維持するこつなのだ。

だが、おすそわけのこんな怖い話を聞いたことがある。

その人は子どもの声が隣の家に響くのを常々気にしていた。隣は定年退職後、夫婦二人で静かに暮らしている。そこで彼女は、家庭菜園でとれた茄子《なす》と胡瓜《きゅうり》を届けがてら、騒々しくしていることを一言詫《わ》びておこうと思い立った。京都人は、日がたって瓜のようになった胡瓜も炊《た》いて食べると聞いていた彼女は、大きな胡瓜二本と茄子二本を持って隣を訪ねた。

渡したときは、「こんな気遣いせえへんでええのにい。かしこそうな子やわあ」などとにこやかだったそうだ。

ところが翌朝九時。人の家を訪ねるには少々早い時間にチャイムが鳴った。玄関の引き戸をほんの十センチほど開けたとき、おまんじゅうをつかんだ手がぬうっと差し出されたという。隣人だった。

「お子さんにどうぞ」

おまんじゅう一つを彼女に握らせると風のように去っていったとか。

家でとれた野菜など上げるべきではなかったのか、それともあの胡瓜が悪かったのか、と彼女はしばらく悩んだ。彼女のいうように上げたもの自体が隣人のプライドを傷つけたか、家でとれた野菜くらいではお宅とは対等に付き合うつもりはないという意思表示なのか、たぶんどちらかなのだろう。

一か所に長く住む京都人だからこそ近所付き合いを大切にする。けれど大切にするとは、誰とでもなれ親しむことではない。隣人ひとりひとりを吟味して付き合いを決めるということらしい。付き合うと決めた人とだけ、対等な関係が維持されるのだ。

そして京都住まいが九年目に入った今、観察されるばかりから、いつの間にか近隣を観察している自分にも時として気づき、なんとなくうれしいのである。

職人こそアーティスト

二十代中後半、新聞社の学芸部の記者たちにお酒を鍛えられた。原稿を届けると、目も通さずに、「んじゃ、行きましょう」と社旗のひるがえる黒塗りの車で六本木に繰り出すことが常だった。おそらく私は昼から飲むためのだしに使われていたのだと思う。

外はまだ明るい、というか午後の二時か三時で、一杯やった後に店を出ると西日がかっと照りつけていた。

いつも行く店は、かなり古いビルの二階で、夜にバーが開店するまでの時間、正午から夕方五時までを別の女性が又借りしているという変則的な店だった。三時頃には、何社かの文化部や学芸部の記者がカウンター席に揃《そろ》い、たいていは男女の話に花が咲いていた。

まさにバブルがはじまった頃で、おじさん記者たちの自慢は、年収が一千万になったか、あとちょっとか、ということばかりだったように思う。
すべてがお金に置き換えて価値判断される時代でもあり、新しい何かを買ったといえばいくらだったと必ず聞かれ、金額を聞かなければ話が先に進まなかった。みんなお金を持っていたから、具体的な金額が耳にとても心地よかったのだろう。そして、心地よさに酔うことで、何かへんだ、という思いを打ち消し、現状が少しでも長く続くことを祈っていた。

やがて高給取りの会社員は、自分のことを会社員ともサラリーマンとも違うと感じはじめ、ビジネスマンと自認するようになっていった。立場は何も変わっていないのにお金の力はすごい。さらに自信満々の男性に至っては、自分はビジネスエリート、あるいはエグゼクティブという種族に入るのではないか、と妄想は膨らんだ。そして野球選手さえ自分とあまり変わらない年収でしかも肉体労働をしてる、とばかにしはじめる人さえ現れたのだ。

バブルの最盛期、日本人は先進国をはじめ他のどの国の民族より優れている、と本気で思い、しかも口にする人がいたことを忘れることはないだろう。私も含め日本人の足下の脆《もろ》さがまさにそこにあらわれていた。

新聞社の文化部や学芸部の編集委員は、演劇や音楽など専門的な原稿なら抜きん出ていても、社内の出世競争からは外れた人が多かったように思う。部下らしい部下がいないから昼間からお酒が飲めたのだ。

ある日、会社員として多少なりとも屈折した彼らだから、きっとわかってもらえると勘違いし、場違いな言葉を口にした。

その中の一人が息子の就職を話題にしているときだった。彼は顔が利《き》く映画会社にようやく息子を押し込むことができた、と喜んでいた。

だが、私の中の何かがこう言わせてしまった。

「日本ってなんでこんなにサラリーマンばかりなの」

とたんに妙な雰囲気を全身に感じた。

「サラリーマンじゃなきゃ、なんになるっていうの」

ひとりにそう聞かれた。そこで常々思っていたことを口にした。

「もっとみんなアーティストになればいいのに」

総すかんだった。

「おれたちが働いてきたから今の日本があるんじゃないか」

「アーティストがどうやって国を支えるんだ」

私の不用意な発言が彼らのプライドを傷つけたのだとやっと気がついた。想像力が欠けていたのだ。

会社と一線を画していると思っていた彼らが、実は社名と社会的地位にプライドを持っていることもはじめてわかった。ここまで日本を豊かにしたのはおれたちだ、という自負も伝わってきた。

そんな彼らに、会社の経費で飲ませてもらっている若僧が、これまでの人生を否定するようなことをいったのだ。怒るのも無理はない。

けれど私は、心底思っていることを口にした。彼らと険悪になったのは仕方がない。

この国はなんでサラリーマンばかりなんだろう。

どうして就職活動に目の色を変えるのか。

どうしてそこまでして会社員になりたいの。

アーティストになればいいのに。

私は本当にそう感じていたし、今もそう思っている。

アーティストとは広義に、自分の個性や特性を活《い》かし、それを職業にしている人だ。音楽家、画家、小説家、脚本家、役者、そして大工、鳶《とび》、染織家など、職人も含めアーティストだと思う。

自分自身と自分の楽しみを表現することが仕事として成り立つ方法はいくらでもあ

る。時間と体力と知識と知能を企業に提供し、しかも企業の下に位置づけられる会社員を希望する人間がこんなに多いのは、まさに教育の賜物《たまもの》だ。

京都ももちろんサラリーマンが多い。けれど想像以上に職人は健在で、新しい分野のアーティストが増えつつある。

梅棹忠夫《うめさおただお》氏が語っていた。

「京都の人間は上下関係のある武家社会を軽蔑《けいべつ》していた。だから、戦後も公務員やサラリーマンを軽く見る風潮があった。京都では昔から、自分の才覚で生計を営む者をもっとも尊ぶんですよ」

今でもその風潮が生きている。私のまわりにも、若い女性や男性が独特の染色や織物、銀細工など、自分の特性を活かして職人になっている人がたくさんいる。

織物を仕事にしたTさんは、銀行でのハードな仕事に体調を崩して退職。何気なく始めた織物に夢中になり、いつのまにか人に教えるまでになっていた。

大学を出て、三年間バイトで食いつないでいたEさんは、学生時代、講義の最中に針金やお菓子の空箱などで独特のオブジェを作って遊んでいることが多かった。そんな彼女の遊びが銀細工職人として花開いている。

京都には手仕事が日用品や工芸品として活き、職業として成り立ちやすい風土があるのだと思う。

ただ古いものを伝統工芸として残すのではなく、新しい試みも受け入れる懐《ふところ》の深さに京都の歴史を感じる。京都人は批評好き。ということは批評の対象になるものを常に求めているということでもある。新しいものを自分なりの審美眼で眺める楽しみを血の中に持っているのかもしれない。

好きなことを仕事にするか、仕事は仕事と割り切った人生を送るのか、これは大きな問題だ。

組織に所属しないで、個人の才覚で生活する術《すべ》を取り戻す方法を、真剣に考えていい時期に来ているように思う。

手描き友禅、蒔絵《まきえ》、古道具の再生、和菓子、京人形、陶磁器、織物、金彩、紙漉《かみす》き、竹芸、表具師、能面師、造園、雅楽、仏師……。

京都には腕と才覚で生きていけるマーケットは潤沢だ。生活の場を見つけに京都に移り住む。そんな生き方だって自由にできるのだと、仕事に不満を持つ人に知ってほしい。

京都での子育てはつらい

人を家に呼ばない京都では、核家族で赤ん坊を抱えた母親は、かなりつらい。会話が成立せず、一方的に庇護《ひご》しなければならない存在の赤ん坊と、十数時間も二人っきりで家にいる。これは異常事態なのだという認識が必要だと思う。みんなやっている、といって看過《かんか》していること自体も異常である。

子どもがゼロ歳だった頃、何を思って一日を過ごしていたかといえば、一日が一瞬でも早く終わりますように、という一念だけだ。

リビングルームの時計を日に何回見ただろう。さっき見たときから二分しかたっていない現実に、頭も心も真空になることがたびたびあった。これは子どもが可愛《かわい》いとか可愛くないとかいう以前の問題なのだ。

人間が社会的存在なら、赤ん坊も母親も社会的存在であるはず。社会的関わりがないところに押しやられた母と子同士が、人間的なコミュニケーションを図るのは至難のわざというしかなかった。

子どもがようやく一歳半になった頃、近所でやはり同じくらいの子どもを抱えた女性たちが近くの空き地に集まるようになった。私としては、そのお母さんたちが恋人のように思えたものだ。

何でもいいから昼間に大人と会話ができるというその一事が、どれほどまともに生きるために必然であるか思い知った。

しかも、家にまで招き入れてくれるお母さん友だちもできた。その空き地のすぐ近くの家で、子どもたちの遊びが一段落すると「君香さん、なか、入って」と呼んでくれる。

ただ、ここで私はしばしば途方にくれることになった。家に入れるのは、どこがどう気に入られたのかはわからないが、私と私の子どもだけということが多かったのである。空き地に残される親子が一組だとしても、当たり前のように玄関のドアはシャットアウトされる。

よその家なのに私が誘うわけにもいかない。けれど、何人か一緒にいるのにその内のひとりだけ家に入れるということが、突拍子もないことに思えた。それまでの私の生活圏では、あり得ないことだった。

もし私が閉め出されるほうの立場だとしたら、一晩や二晩は眠れなくなると思う。子どものぶんもあるから無念さ倍増だろう。

だが、こんなこと、京都では当たり前だったのだ。それがだんだんとわかってきた。先日、その頃の友人と当時の話になった。彼女は、

「私はあの家と深く付き合おうと思わへんかったし」

家に呼ばれなかったことなど、なんでもないことのように答える。

京都の人は、それぞれが付き合う人間を決めるのだった。だからちょっとくらい気に障《さわ》ることがあっても、お互い様と受け流す余裕がある。

それに家に誰を呼んで誰を呼ばないかは極私的なこと。他人が立ち入る領域ではないという意識は骨の髄まで染《し》み込んでいるのかもしれない。

そもそも人間関係に平等などというものはないと、きっと京都の人は思っている。誰とも同じように付き合っていたら、それは自分の生活ではなくなってしまう。どんな人間を選んで付き合うかにより、その人の生活にも人生にも影響するのだから。

人間関係の裁量権を、京都人ひとりひとりがしっかり握り締めているのだ。人に譲り渡していないから、たとえ冷たくあしらわれてもわれ関せずでいられるのかもしれない。

それは生活の質を守る上で、決して手放すことができないもののように映る。

東京の人間は、平等とか、フィフティフィフティが好きだ。友人の家に呼ばれてご馳走《ちそう》になれば、今度はこちらも、という気持ちになる。そこにわずかでも無理があれば、人付き合いはストレスの原因になってしまうにも関わらず。

京都の人間は、呼ばれたからこちらも、という発想はないと言い切れる。いくら呼んでもらってご馳走になっても、それは先方の考えですること。ご馳走してくれるのは、こちらがそれに見合う価値があるからだし、しかも申し出を受けることで価値は固定化する。それより何よりただでご馳走が食べられる。けれどだからといって自分の生活スタイルは微塵《みじん》も乱されない。招くのは自由だが、こちらが呼ばないのも自由なのだ。おそらく京都人はそうした生活感覚で生きている。

上京《かみぎょう》に暮らす知人に、そんな感想をもらした。すると、

「僕は京都人でも珍しいタイプだから、家に呼んでよく食事をふるまうけど、そういえば何十年と呼んでる友人から一度も呼ばれたことがない。せんど奥さん連れて食べに来はるのに。そうや、妹夫婦たちもいつも食べに来て、やっぱりただの一度も呼んでもろうたことあらへんなあ。他にもご飯食べに来る人たちいてるけど、ほんと呼ん

でもろうたことないわあ」

彼は、初めて気がついたようにいう。向こうにも、呼ばない、という意識さえない

「招待してほしい、とも思わへんなあ。呼ばないとは思っていなかった。

んやないかと思いますよ」

呼ばないという意識さえなく呼ばないのだ。そこまで異質とは思っていなかった。

これまでのさまざまなシーンがよみがえってくる。

子育てが大変なのはお互い様なので、家に子どもの友人がきたときは、他の家にも声をかけ、遊びに来てもらっていた。その際、反対の時にはうちにも声をかけてね、とお願いしていた。けれど、一度も電話がかかってきたことはなかったのである。

どうしてか不思議で、あとから「呼んでくれたらよかったのに」とはっきり意思表示したことも。今思うと、いわれたほうは不思議だったかもしれない。何で呼ばなくちゃいけないのだろう、と。自分のところは足りているのに。

我が家で遊ぶのを気に入ってくれた女の子がいて、そのお母さんが「また遊びに行きたいっていってるの」というので、「うちの子は今度はそちらにお邪魔したいというんですよ」と話してみた。ところが何の返答もなく微笑《ほほえ》むばかり。

次に会った時も「また遊びに行きたいっていってるの」というので、この前はきっ

と聞こえなかったのだと思い、再度「うちの子はそちらのお家《うち》に興味津々《しんしん》みたいなんです」といってみた。

ところがやはりにこやかに微笑んでこちらを見るだけなのだ。

私のほうが気まずい気分になり、急遽《きゅうきょ》、話題を変えて切り抜けた。一体なんなの、と頭の中は疑問符だらけになりながら。異文化というしかない。それがわかった今は、少々のことでいちいち傷つかなくもなった。

それでももし人間関係で心が疼《うず》いたら、

「何十年も呼んでる友人から、一度も呼ばれてへん」

といっていた知人の言葉を思い出そう。これが京都の方法なのだ。

自分が一番と割り切って暮らすのと、お互い様だからと折り合いをつけながら暮らすのと、どちらがどうと今はいうことができない。

どちらが人間味があるか。

どちらが暮らしやすいのか。

どちらが温かいか。

どちらが洗練されているのか。

両者のスタイルの違いで、生活や心のどこがどう違ってくるのか。答えを探るほどに、いつしか京都に耽溺《たんでき》していくのである。

町家に暮らす人たちは、襖《ふすま》や畳を替えることがない。本当にないのだと今では確信している。万一替えるとしたら何十年かに一度、大きな法事があるときだけ。柱や扉、天井などは、木の材質により、黒光りしたり赤茶やこげ茶になり、土壁の色はさらに深みを増し、そして襖紙と畳の色は限りなく土壁や木の色に同化していく。いよいよ畳の縁が擦り切れれば、筵《むしろ》や絨毯《じゅうたん》を敷き重ねる。その筵や絨毯も、どんなに変色しても敷き続ける。

文化財級の町家もあれば、ただ古いだけに思えるような庶民的な町家もある。けれど、どんな町家の住人も「我が家が一番」と思っているらしいことが伝わってくるのだ。

失礼を承知で「本当に今の家に住み続けたいですか」と思わず聞いたこともある。そのときの答えを要約すれば、「寒いし暗いしねえ。けど、それを楽しんでるんです」というもののようだ。

その楽しみのひとつが、家の中に一か所だけ「見せ場」をつくるということ。たとえば下京《しもぎょう》のある家では、土間の角口が「見せ場」だ。年代物のかめに板を渡して飾り台にし、その上に季節の花が生けてある。玄関の引き戸を開けると、暗くて寒々とした空間だからこそ、その一角が浮き上がり、見る人の心を和ませる。

その家の人は、

「町家に住んではる人は、どこか一か所個性が出せたら、それで成功やと思うてはるんです」

そう解説してくれた。

けれどそれも柱や壁など、家の材質が本物で、しかも古いからこそ可能な演出なのだろうと感じた。もしぴかぴかの今風の家なら、演出も自然と派手にならざるを得ないと思う。

「見せ場」をつくることで、家や建具の古さを肯定させ、しかもインテリアにかける出費を最低限に抑えることができるのだ。このいかにも京都人らしい発想には、ただ頭が下がる思い。家中のインテリアを考え出したら、時間も出費も際限がなくなる。いつもどこかが気がかりになり、精神上もいいことはなさそうである。

そういう意味で、まず古かろうが狭かろうが我が家そのものを肯定し、こだわると決めた一か所にだけ神経を使うというやり方は、合理性の極みではないかと思う。物や人の価値を自分で決める京都人は、我が家の価値ももちろん自分で決めていたのだ。そしてそうした価値付けの仕方は、自分自身の容姿に対しても発揮される。

京美人というといういわれ方があるけれど、それは色が白くてたおやかで、といった漠然としたイメージだ。

このところ私が感じている京美人を一言で表現するなら、家に価値をつけるのと同様のやり方で自分に価値をつけている女性、ということになりそうだ。つまり、京都の女性は、家だけではなく、自分のなかにも一か所「見せ場」を決め、そこに価値を置き、それがあるからこそ、揺るぎない自信を秘めているのだ。

一か所の見せ場は、目や鼻など顔のパーツのこともあれば、全体から醸《かも》し出される雰囲気であることもある。見せ場をテーマと置き換えてもいいかもしれない。それぞれが自分をアピールするためのテーマを持っているようなのだ。

ある人と、こんなやり取りを交わしたことがある。

第三者の容姿の話になったのだが、彼女はその人を「せめて華があったらええのになあ」と少々辛らつに評したのだ。その言葉を聞いたとき、ああ、大柄なこの人の見せ場こそ「華のあるところ」なんだろうな、と逆にわかった気がしたのだ。

四十代になってもずっとまっすぐなロングヘアの知人がいる。彼女のテーマは「艶《つや》のある女っぽい髪」なのだろう。きめ細かな白い肌を持つ女性は、髪をゆるく一つにまとめ、額や頬の美しさも惜しみなく出してアピールする。

飾り気のない下京の女性は、飾り気のなさをそのまま出し、その人柄こそを印象付けているように感じる。

衆目の一致する美人なら、美人であることを常に意識した振る舞いをすることで、さらに価値を高めることに余念がない。間違っても京美人が三枚目をやることはないのである。

京都の女性は、自分で自分の「見せ場」を決めることで、その一点においてすべてに自信をもち、その一点において誰もが「それぞれに」美人なのである。自分に満足している。

そしてその満足感こそが、彼女たちを本当に美人に見せているのかもしれない。考えてみれば、合理的な人とは、特定のことだけに合理的なわけではない。自己が美人かどうか評価する方法も合理性にのっとっていて当たり前。

そして自分の価値を具体的に意識している人は、他人からの評価もあまり気にしないですむだろう。これこそが強みだ。

他人の評価を気にしはじめたら、それこそぴかぴかの家を飾るように、どこもかしこも気にかかり、おまけにせっかくの個性が台無しになる。

「見せ場」という概念には、京都人の美意識、生活観、意地、倹約の精神がぎゅっと詰まっている。長い都市生活の中で、美しいものに触れる機会に恵まれ、粋を汲《く》み取る能力を身につけてきたからこそ培《つちか》うことができたとも言えそうである。

「見せ場」という概念を身につけたい、と軽々しく思い、自分の中に見せ場を探してみた。

けれど全然思い至らない。そうした概念が露ほども塵《ちり》ほどもないことに気づかされるだけだ。その時々の環境で、自分の中のさまざまな部分に、時に自信を持ったり失望したり、自己評価は千々に乱れて生活している。

京美人は一朝一夕につくられたわけではないのである。

隠さなくても誰も取らない

昭和三十年代までは、地域の食糧は、大方その地域で賄《まかな》うものだった。

京都市内には当時、九軒の造酢所があった。その中で今も残っているところは三軒。西陣にある『林孝太郎造酢』はその一軒だ。以前は絹糸の染色にも大量に酢を使った関係で、いまも西陣の東よりに風情《ふぜい》ある町家づくりの工場を構えている。

「昭和四十六年に店を継いだとき、帳簿を見てびっくり。ようこれで大学に行かせてくれたわ、と」

黄桜酒造で修行をはじめ五年目のこと。父親が体調を崩し、どん底のときに店を継いだ林孝治氏は当時を振り返る。

「大手メーカーの宣伝の時代になり、三ケースに一ケース現物サービスとか、年間どれだけ取ったら旅行に招待とか。消費者と関係ない販売の仕方になってきた。一対一の商売をしていた料理屋や寿司屋《すしや》も、あそこは八百円でっせ、ととにかく安う安うといわはるようになった。じゃあうちも八百円、とやってたら利益ないような状態になって、同業者はそれでどんどん廃業しはる。安く売るためには安いもの作らなければならないし、できひんのですよ。それで値段、値段とそればっかりいわはるとこ、全部捨てたんです。取引先を百五十軒ほかしました」

大英断だった。けれど品質を下げたくない、という思いが、大手とは別の路線を歩ませ、暖簾《のれん》を守ることに繋《つな》がった。

けれど、いい物を変わらずに作る、それだけなら伝統の橋渡しに過ぎない。実際、いい物を作り続けているのに潰《つぶ》れた老舗《しにせ》だっていくらでもある。先代と同じ物を作り続けることは、伝統の継承というより伝統の利用、それこそ伝統にあぐらをかくということかもしれない。

林さんは、高品質の米酢《よねず》を作り続けながら、酢に付加価値をつけるアイデアを練った。

たとえば「すし酢」。今は大手メーカーからも出ているが、もとは林さんが考案したものだという。

「寿司屋からは、お酢屋が寿司屋の仕事しはった、と散々嫌みをいわれ、同業者からも展示会への出品を拒否された」

だが、その後も天然素材だけを使ったポン酢やドレッシング、梅干などを手がけ、経営は軌道に乗っている。

顧客に向け、インターネットで「孝太郎通信」の配信もはじめた。化学調味料がいかに味覚を麻痺《まひ》させるか、という話があったり、季節ごとの京都の隠れ見所を紹介するなど、広告の域を超えた楽しい読み物だ。

「生き残る老舗の条件は、一にあるじが長命であること。先の大戦で戦死した家は大半潰れました。そして病弱ではないこと、ギャンブルや遊びに手を出さないこと。火災などの災害に遭わないこと。時流に乗った商売であること」

時流に乗り遅れそうな業種なら、手を広げることも生き残るためには不可欠だろう。だが老舗のプライドを堅持したままで新しい路線を切り開くには、相当な知識や研究熱心さが要求されそうだ。

古典的な京料理のレシピ蒐集家《しゅうしゅうか》でもある林さんは、暇を見つけてはレシピの聞き書きなどをしているという。その中の一品「吸酢《すいず》」の作り方を教えてもらった。

季節の野菜や魚介類に軽く火を通して冷ましたものを器に入れ、好みに薄めた三杯酢を張った、冷たいお吸い物のような料理だ。

だしとみりんで調節して酸味を控えめにし、くずきりやじゅんさい、すり下ろした山芋など、喉越《のど》しのいい材料をひとつ加えるといっそうおいしくなるとのこと。酢は醤油《しょうゆ》よりずっと古くからある調味料。おいしい酢料理を古典料理の中から見つけ出したいと話す。

創意工夫や探究心の積み重なりがあってこそ、伝統は繋がっていくことができるのだ。

これまであるものに価値を置き過ぎ、手を加えずにいると意外にも息絶える。伝統とは人の頭も心も手間も掛けてこそ、時代を超えていく生き物のようなものなのかもしれない。

林さんは学生時代を東京で過ごし、黄桜酒造では営業マンとして全国の料理屋、寿司屋などをまわったという。それが幸いした、と話す。

老舗の跡取りで、一度も京都から出ない人はどこか感覚が違う。変化せずにとどまってしまう人が多いという。

「京都の老舗であるということにプライドを持たはりすぎるんですわ。地方にもええもんはいくらでもある。せやけど実際に、味も形も同じでも京都のもんが一番高う売れる。それで自分で作ったもんではないのにプライドを持たはるんです。地方の物を端《はな》から無視しはる。京都というだけで天狗《てんぐ》になったはるんでしょうなあ。一度も京都から出ないとはそういうことなんです」

そのような老舗は「うちはずっとこれ使《つこ》うてる」という理由だけで、たとえば合成の調味料などを使い続け、よりよい原料を全国に探すという発想をしない。

老舗の跡取りは、若いときから千家の初釜《はつがま》に招待されるなど、京都ならではの体験の機会に恵まれている。けれど貴重な体験も、相対化する世界を持ち得なければ生かすことができないだろう。

「もっとオープンにならなあかん」

と林さんはいう。けれど、

「オープンになれんのが京都人」

とも。

京都が一番と思って暮らしている京都人は、第一京都から出ようとしないのだから。東京は関東の一部だし、それ以外の地方は問題外。そんなふうに確信してしまっているところが勿体《もったい》無いと思わせる。

京都以外に目を向け認めようとしたときにこそ、きっと自らが持っているものの本当の価値がわかるのに。その価値を具体的に知りえてこそ大胆に手を加え、伝統を今の時代に解き放ってやることができるだろうに。不遜《ふそん》にもそう思う。

京都がオープンになったからといって、京都の利益が損なわれることはない。それだけの歴史の重みが、町家という建築物や食文化、そして何より京都人自身の中に秘められている。

千二百年という長い年月、商人や職人として、洗練とみやびを追い求めた遺伝子は、他のどの地域にも存在しない。

隠さなくても、誰も奪うことなんかできない。

5 自然と交流するデザイン

町家は日本の原風景

夫の転勤で東京から京都に越して八年目と五年目という女性たち。ふたりは顔を合わせるたび「絶対東京に帰ろう」と誓いあっている。

下京《しもぎょう》に住んで八年のSさんは、穏やかな顔立ちに怒りをにじませ話す。

「こっちがいくら本音で話しても、京都人は絶対に本音で返さない。それってフェアじゃない。毎日がたまらなくいや」

五年目のKさんは、

「中京《なかぎょう》の街中に分譲マンションを購入して住んでいるけれど、いまだによそ者扱いされる。マンションの前に古い町家が何軒かあるんだけど、そこの住人は代々賃貸で住んでるのよ。それなのにマンション住まいを頭からばかにして、『あんたらみたいに狭いとこ住んでるもんにはわからへん』とかいうの。自分たちが伝統文化を守り伝えているわけでもないのに、プライドだけは高い田舎者。田舎の人って排他的で保守的な人が多いじゃない。それに虚栄心がプラスされているのが京都の人間」

Kさんは、京都アレルギーといってもいいかもしれない。こうも続ける。

「ヨーロッパのように人々の意識が高くなかったから京都の街並みは破壊されてしまった。そういうのを保存した上でプライドを持ってほしい」

彼女たちの言い分もわかる。けれど一筋縄ではいかないのが京都人。思わず京都人を解説したくなる自分がいる。

Sさんには、

「東京の人間は、『あの人って裏表があるね』っていわれたら致命的。すごく傷つく。けれど京都では、裏表がない人間を下に見る。思っていることをそのまま口に出す人間は知恵がない、と格下に扱われる。思っていても、ちょっと頭の中で計算して建前を口にするのが京都人の普通の話し方。本音と建前をうまく使い分けられる、つまり裏表があるということは『かしこい』証拠で、その人自身もそんな自分に満足してる。もちろんまわりからも『できた人』と思われる。根本が違うから、怒ってもしようがないよ」

Kさんには、

「東京だと、街中ほど人の出入りが激しいから、そのぶん誰でも入っていける。だけたとえ賃貸でも、京都のどまんなかは、東京のどまんなかとは逆に、代々住んでいる人が多い。たとえ賃貸でも、簡単にはよそに移りたくないと思って暮らしている。それだけ大事に築いてきたものがあるはず。慎重に本音と建前を使い分けながら町内に自分の位置を築いてきた。そのこと自体、自分の歴史でもあって、京都の伝統かもしれない。だから お金を出すことで京都のどまんなかに住んでしまった人間のことは面白くない。単によそ者だからというのではなくて、自分たちが築いてきた伝統やプライドを壊されることを恐れて排他的になるんだと思う」

私はいつしか京都人の肩を持つようになっていた。

けれど、街並みが既に破壊されている、というKさんの言葉には反論のしようがない。

この夏、築八十年という町家に招かれた。祇園祭《ぎおんまつり》の山を持つ町内、すなわち京都のプライドが集約された地帯に建つ家だ。大正末期に繊維問屋が普請《ふしん》したその家は、通り庭、坪庭、玄関庭があり、茶室を入れて十一の和室を持つ堂々とした構えだ。家のどこからも庭の緑が目に入り、清々《すがすが》しく落ち着いた気持ちにさせてくれる建物だと感じた。

それだけに二階の客間に通された時の落胆は大きかった。

坪庭と蔵の向こうにはビルしか見えない。そして、エアコンから出る熱で、せっかく風通しよく作られた家がその機能を果たせなくなっていた。

バブルの前まではまだよかったそうだ。八〇年代、京都の地価もうなぎ登りだった。お寺が並ぶ裏寺町通りでは、お寺までが売りに出され、ビルになった。

Kさんがいったように、京都人は、ヨーロッパの人たちのようにみんなで街並みを守ろうという機運を育《はぐく》んでこなかった。

人の生活には立ち入らないかわりに、自分の生活にも立ち入らせない。そんな京都人の個人主義がもたらした結果のように感じる。生活の中でもこと経済に関することは、他人の意見など聞く耳を持たないだろう。売りたければ売るし、保存したければ自分の満足のために徹底して保存する。

私が訪問した町家のあるじはこう語る。

「襖《ふすま》や柱など、全《すべ》てが文化財だと思うているから、このままの姿でずっと伝えたい。一度壊してしもうたら、二度と戻りよらへん」

この数年、町家が注目され、飲食店やギャラリー、ベンチャー企業に賃貸する町家が増えた。

着物と同じで、いよいよなくなる、という段になってよさが見直されるものなのだろうか。きっとそういうものなのだろう。

歴史を持たないただの流行《はや》りものなら、誰しもなくなるに任せる。ほとんどがそういう運命にある。

いよいよなくなる時に人の心に危機意識が湧《わ》き起こるのは、やはりそこに、なくしてはいけない原風景とか、あるいは知恵の集積、奥の深いセンスを感じとるからだろう。

通り庭、土間の台所には、かつて涼やかな風が通り抜けた。住まいと自然とが共生した町家は、アルミのドアや窓で外と遮断した今風の家にはない安らぎを感じさせてくれるように思う。バリ島の民家やバンガローが解放感を与えてくれるように、自然との繋《つな》がりを感じさせてくれる住まいこそ、きっと日本人にとって懐《なつ》かしい家なのだ。

縁の下を持つ日本の家は、もともと基本は南方系の家だ。だが、新しく建つ家は、デザインも材質も、いったいどういう素性を持った家なのかわからない。一応洋風のつもりなのだろうけれど、それにしては塀や外壁や内装材が安っぽすぎるし、一室だけ設けた和室とフローリングのリビングルームとのギャップを埋めて生活するのも無理がある。

昔のままの家には住みたくない、住めないというのなら、いったいどういう家を私たちの心は求めているのだろうか。今、一からそれを考えるときに来ているように思う。

ガーデニングより効果的な一輪挿し

仕事でロンドンに滞在したとき、玄関先のハンギングバスケットやアパートのバルコニーを飾る明度の高い花に目を奪われた。

ロンドンの建物は好き勝手に取り壊しができないから、たいていが時代を感じさせる煉瓦《れんが》や石組みの外壁だ。その古さが花の色を際立《きわだ》たせ、暗く沈みがちな冬のロンドンを愛らしい街に一変させていた。

オフィス街も、ワインバーのしゃれた看板と窓辺の花のおかげで、丸の内のような寒々とした印象は感じられない。

そして、市内のどの方角にでも少し歩くと広大な公園にぶつかり、読書や昼寝用のチェアが置かれた芝生とシンメトリーの大木が、ゆったりした気分にさせてくれた。公園を歩いていると、イギリス人の美意識は森によって育《はぐく》まれたのだと想像できる。イギリス人は森の文化を体内に宿している。

日本では、景気が悪くなり目が内に向くようになってからガーデニングブームが続いている。ガーデニングの雑誌には、きまってイギリスの庭が取り上げられ、それらはやはりため息が出るほど素敵だ。

森のように奥行きを感じさせる庭に、ブルー系統の花だけが静かに咲き誇る庭。古めかしい木のドアをアーチ型に縁取る真っ白なつる薔薇《ばら》。

日本人に真似《まね》できるものではない、と感じる。風土が違うし、風景が違う。漂う空気も違う。

近所に玄関まわりを花で埋め尽くしている家は珍しくないが、素敵というよりは「頑張ってる」と感じてしまう。

英国が森の文化だとしたら、日本は山の文化だ。

山以外のわずかな平地に、山を見ながら暮らしてきた。それが日本人にとっての風景だ。森イコール山であり、英国のように平らな森林地帯が広大に続く地形をしていない。

イギリス人は森に囲まれ暮らしてきたのに対し、日本人は山を遠景に見て暮らしてきた。生活の場に身の周りの自然をそのまま取り入れる術《すべ》は、イギリス人にかなわないのも当然かもしれない。

そのかわり自然を遠景として暮らしてきた日本人は、自然をそのままの形で生活の場に移すのではなく、抽象化して取り入れるという高度な感性を会得《えとく》した。

小雪がちらつく二月、マウンテンバイクに乗って東福寺周辺を走っていた。大きな寺の塔頭《たっちゅう》めぐりは意外な発見があって楽しいのだが、その日は天気もどんよりとして体が芯《しん》まで冷え切ってしまった。

もう帰ろうと思ったとき、筆の寺、と書かれた表札が目に入った。人形供養《くよう》や針供養のように筆やペンの供養をする寺かと興味がわき、門をくぐった。

庭には浅く穴が掘られ、焼けこげた炭が残っていた。筆を焼く所だろうか。

ふと目を上げると、上がり框《かまち》の端に一輪挿しの大輪の椿《つばき》がある。それは寒色の風景と調和し、冷え切った体をほころばすように、一瞬で温めてくれた。

磨き込まれ角が丸くなった上がり框。小さな藍《あい》の花器はもしかしたら湯飲み茶椀《ちゃわん》だったかもしれない。そして大輪の赤い椿。

こんなに簡素な装置で豊かな自然を体内に取り込める民族は、きっと日本人だけだ。

英国人は、自然によって育まれた感覚で家のまわりを飾る。それで節度が保たれ、やりすぎることもない。ロンドンの中心から車で三十分も行くと、野生のラズベリーやブルーベリーなどベリー類が実をつけ、まるでピーターラビットの世界が広がる。

イギリス人のガーデニングは、やはりこうした身近な風景から生まれたのだ。

日本の家を飾るガーデニングは、花が多ければ多いほどいいといった感覚で節度がないように思う。お手本となる風景が身近な自然の中にないからそうなってしまうのだろう。しかもそれらの花は、家や街並みなど周囲の風景にそぐわない。それでさらに量で勝負してしまい、浮いてしまう。

そもそも今の日本の家や街並みに合った花とはどんな花だろう。

東京の下町の風情《ふぜい》が残る路地なら朝顔。京都の町家なら暖簾《のれん》越しの一輪挿しや玄関脇《わき》の水蓮《すいれん》などぴったりだろうが。

戦後しばらくして主流になったモルタル二階建てや、バブル期に憧《あこが》れの的になった小さなお城みたいなショートケーキハウス、最近の新築に多いサイディング張りの家。これらに合う花、そしてこれらがミックスされた街並みに似合う花とは、どんな花だろう。そんな花あるわけがない、とすでに私たちは気がついているのではないだろうか。

いったいこれらの家自体、どこの何を手本にして出現したものか不明だ。住宅メーカー主導で、より効率よく採算のとりやすい住宅が大量生産されただけなのだろう。戦後、日本人は、一戸建てでさえあれば、なんでもありがたがってしまったのだから。

今私が住んでいる家も、二十年程前に大手住宅メーカーが建てたモルタル二階建てだ。外観、内装ともに個性はない。けれど、このような住宅があまりにも多数を占めてしまった。町を歩いても、鑑賞に堪えるような家はなかなか見つけることができない。

風景そのものは変わってしまったが、心の中に残っているはずの原風景に近づける家とはどんな家だろう。日本人の心のありように適《かな》う家とは。

手がかりは、きっと東京より京都にある。長屋など間借りが多かった江戸の家は、住み心地より貸手の思惑で建てられた家が多かっただろうから。

日本人の美意識に合った合理的な家。そんな家を新たにつくり出す手掛かりが、一輪挿しの似合う京都の建築物にあるような気がする。

庭は心のパーソナルスペース

上がり框の一輪挿し、床の間の生け花や置き物など、切り取られた小さな風景から、日本人は広大な自然を感じ取る遺伝子を持っている。

私が育った家は、戦前に建った板張りの平屋建てで、少女時代はその古めかしさが恥ずかしく、友人にも来てもらいたくないほどだった。けれど、戦前の民家は、家は小さくてもたいてい縁側から眺められる庭がついていた。

小さな庭もまた、床の間の自然と同じように切り取られた空間であり、イマジネーションに働きかけ、人と自然との交歓の場だったのだと思う。

狭いスペースには、おおむらさき、紫陽花《あじさい》、むくげ、いちじく、山吹、どうだんつつじ、薔薇などの低木が植えられ、裏庭には椎《しい》の木や柿《かき》の木が茂っていた。

龍《りゅう》の髭《ひげ》で縁取った丸い花壇は、母が子どもたちのために造ったもので、鳳仙花《ほうせんか》や矢車草など季節の花が咲いていた。

低木の間を飼い猫や野良《のら》猫が通り、熟した渋柿を雀《すずめ》、頬白《ほおじろ》、尾長鳥が食べに来た。ほんの小さな庭だったけれどドラマを秘めた空間だったと今になって思う。

最近の新築の家も、価格を上乗せすればそのくらいのスペースは確保できる。煉瓦や石組みに似せたサイディング張りの玄関の前に、駐車スペースと一緒に土地にゆとりを持たせた形で庭を設けたものが多い。子どものいるうちでは、夏になるとビニールプールが置かれたりする場所だ。

だがそうしたスペースのほとんどは、コンクリートで覆《おお》われている。地面が見えない。

不思議だと感じる人は少ないのだろうか。地面のままだと不都合なことがあるのだろうかといつも感じる。

駐車スペース兼庭のある家で、車を持たない家がある。花好きの住人は、そのスペースに階段状にプランターを並べ、株分けや種から増やした草花を一年中見事に咲かせている。花自体は本当にきれいだが、もしそれらが地面から生えて咲いているものなら趣きが全然違うはずだ。その家を通るたびにそう感じ、残念に思う。

庭は、花だけではその意味の数パーセントも表し切れない。土があってこその庭なのだ。

土には匂《にお》いがあり、色があり、質感がある。そして雨上がり、からから天気など天候や季節によって、匂い、色、質感はさまざまに変化する。

雨上がりでも、さわやかな空気を生むこともあれば、むせるような匂いを孕《はら》んでいることもあり、そうした繊細な発見が自然とともに生きていることを実感させ、心を豊かにしてきたのではないかと思う。

とくに子どもにとっては、庭は誰にも邪魔されずに自然と関われる内的成長の場なのではないだろうか。そこが公園などと大きく違うところだ。

幼い日の記憶の多くが、庭とつながっていることにあらためて気づかされる。庭石をどけ、小さな巻き貝を発見したときの驚き。蟻《あり》の巣にお線香の煙を入れたり、穴を塞《ふさ》いだりした日々。自分だけの花壇を造り、いろんな場所からとってきた草を植えた楽しみ。その草を引き抜いてみたらかぶが実っていて宝物にした記憶。夏になると裏庭がみょうが畑になり、その花の意外な美しさに時間が止まったこと。縁側から秋刀《さん》魚《ま》の骨を猫に放ってやったこと……。

それらはみな昔の庭だから経験できたことばかりだ。

子どもながらに人間関係でトラブルを抱えた時も、庭は大きな慰めの場であってくれた。学校から帰ると毎日庭で猫と戯《たわむ》れて過ごした時期もある。

夏休みが終わりに近づき、不登校の気分に陥っている時、少しでも救ってくれたのは夕方になると艶《あで》やかな色に変わる花魁草《おいらんそう》だった。

今の子どもは、そんなとき部屋にこもってしまうのだろうか。悲しい心につきあってくれるものは、自然との関わり以外に何かあるのだろうか。

縁側を媒介に、庭という自然と融合した家を以前の日本人は持っていた。京都の人は、廊下や座敷など家の中に居ながら、常に坪庭の自然を肌に感じてきた。家から土の庭を無くしたことによる精神面での損失は計り知れない。

日本人は、床の間や小さな庭の自然あるいは土壁や木肌から森羅万象に触れることができる。そんな希有《けう》な感受性を持っている。そうした感受性を育《はぐく》むことなく大人になるとしたら、そこにひずみや欠落が生じ、攻撃性や無気力を生んだとしてもおかしくない。

庭という自然は、ひとりひとりの支えになってくれていたのだと思う。

土の庭があること。

それが日本人が本来の住まい方を取り戻す最初の条件ではないだろうか。

鴨川《かもがわ》に似合う橋は誰も知らない

三条大橋と四条大橋の間に歩行者専用の橋を架けようという話が、何度も出ては盛り上がる。

橋が架かれば祇園《ぎおん》、先斗町《ぽんとちょう》、河原町界隈《かいわい》の人の行き来が激しくなり、祇園や先斗町の独特の雰囲気が平準化されてしまう。治安も悪くなるかもしれない。商店街のそんな危惧《きぐ》もあり、いつもプランだけで終わることになる。

祇園も先斗町も、値段の高さや一見《いちげん》さんお断りの札で今の風情《ふぜい》を保っている。いやらしいといえばいやらしいが、そんな高飛車なやり方も認めてしまえるほど、日本中どこを探しても見つからない艶やかさを持った街だ。

今回も橋は架からなかった。けれど市の街路建設課には、鴨川の橋を検討する部署が今もあるので将来的にはわからない。

そもそも今回の反対運動の盛り上がりは、京都市が、パリのセーヌ川に架かるポン・デ・ザール（芸術橋）のレプリカを鴨川に架けると発表したせいだ。ポン・デ・ザールは、カルチェラタンの学生が対岸のルーブル美術館に行きやすくなるようにと十九世紀の初めに架けられたものだという。木製の歩道にベンチが置かれ、芸術橋の名にふさわしい雰囲気らしい。

当初フランス側は、ポン・デ・ザールの精神を生かした橋を作ってはどうかと提案したのだという。そうした真意が伝わらずに、なぜかレプリカを作る話にすり替わり、反対論者も「鴨川にパリ風の橋はいらない」の一点張りで署名運動や論争が続いた。一連の論戦をメディアで見聞きしているうちに、しだいに何か欠けているものが気になりはじめた。

それはパリ風の橋などとんでもないという側の人たちから、ではどんな橋なら鴨川にあうのか、という提案がまったくといっていいほど出てこないということだった。

そしてそこまでパリ風の橋を嫌うなら、今の三条大橋や四条大橋をそれほど優れたデザインだと感じているのだろうか、という疑問が湧《わ》いてきた。

三条大橋は、天正十八（一五九〇）年に豊臣秀吉《とよとみひでよし》が架けさせたもので、欄干は何度か新しくなったものの常に檜《ひのき》材を使い、銅製のぎぼしは当時のままのものがつけられている。いまの欄干は昭和二十五年建設なので、木肌の色はもう褪《あ》せている。夕暮れになり灯籠《とうろう》に灯がともるとそれなりの風情があるが、それは明かりの求心力によるもので、現在の京都に似合った橋かと考えると、天正時代のデザインを継承したもの以上ではなく、つまり古めかしいだけで何物かを訴える力は強いとはいえない。

　現在の四条大橋の欄干は昭和四十年製。それまでの鉄の欄干を改築することになり、デザインを市民から公募し、コンペの末、現在のコンクリートの欄干になった。当時としてはシンプルなデザインが新鮮だったのかもしれない。けれどあえて京都の中心街にある必然性は感じにくい。

　三条から四条までは徒歩で十分たらずの距離だ。京阪電車を一駅乗るまでもない。この一駅間をたいていの人は河原町通を歩く。けれど晴れた日なら鴨川の河原までおりて歩くと気持ちがいい。西のほとりはとくに風情がある。左右からせせらぎが聞こえてくるのだ。三条から下るとすると、左側は鴨川の流れ。そして右の耳には、みそそぎ川のせせらぎが響いてくる。みそそぎ川は、夏になると川床が組み立てられるところ。幅五メートルほどで深さも膝《ひざ》まであるかないか、というささやかな川だが、目にまぶしい鮮やかな藻がそよぎ、鴨が泳ぐ。

　左手の鴨川は、四条に下るまでに川底が何段か低くなる。その小さな人工の滝に近づくと、水音がにわかに高くなり耳に迫る。たった十分の散策だけれど、左右から聞こえる川の音は、都市の中にあって心をすっかり解き放ってくれる。

四条大橋を見上げれば、人と車が行き交う雑踏がある。たった一人自然の中に佇《たたず》んでいるような、異空間に遊んでいるような、贅沢《ぜいたく》な気分に浸ってしまう。水の力と土の感触はすべての人工物に優《まさ》るとあらためて確認させられる。

みそそぎ川にそって二、三階建ての木造の料理屋やお茶屋が建ち並んでいる。これらの店の入り口は先斗町の細長い路地に面している。

京都らしいこの風景と鴨川の自然と、そのどちらをも損なうことがなく、さらにいまの京都という都市の景観そのものを牽引《けんいん》する力になる橋のデザインは考えられないだろうか。

嵐山《あらしやま》のふもと、桂川《かつらがわ》に架かる渡月橋は魅力的な橋だ。木の欄干が、嵐山や遠景の山々の自然を手元まで引き寄せる力を持っている。渡月橋が自然に溶け込んでいるのではなく、自然をさらに活《い》かす役目を果たしていると感じる。

自然はそのままで完全なものだけれど、人工物には人工物の良さがある。当たり前のようだけれど、そこに人の知恵や美意識や息遣いが感じられるからだ。つまりそうしたものがない人工物は、周囲の景観を損なうだけの「物」でしかない。

渡月橋は美しいが、鴨川に持ってきてもその魅力は発揮できないと思う。そのまま鴨川に架けてしまったら、なぜか三条大橋と同じように、古めかしさが勝ってしまうように感じるから。

どこの橋の真似《まね》でもなく、かつ伝統をそのままの形で踏襲せず、斬新《ざんしん》で、自然の風景をさらにあでやかに際立《きわだ》たせるデザイン。そんなデザインはないだろうか。

鴨川を渡るたび、そんなもどかしさを覚えてしまう。

ふたつの二条駅

二条駅は、一九九六年に生まれ変わった。

それまでのデザインは、あまりにも象徴的だった。何を象徴しているかといえば、古い京都であり、古い美的センスであり、独創性の無さである。

明治三十七年に平安神宮を模して建てられたと聞いてなるほどと思う。木造、白壁、瓦《かわら》、そしてシンメトリーな形。絵に描いたような「立派なニッポンの駅」。はじめてその駅舎を見たとき、なんともいえず陳腐に感じられたことを思い出す。

四条烏丸《からすま》周辺には、古い西洋建築が点々とある。ほとんどが金融関係のもので、凝った彫りものが施してある石柱など貴重に思える。それらは西洋建築を模したものだが、当時の日本で、西洋風を取り入れようとした進取の精神と苦心の跡、そして苦心したにもかかわらず和洋折衷が顔を覗《のぞ》かせているところに個性がある。

けれど前の二条駅には個性が感じられなかった。神社を模したのだから、ただそれだけの、作り手の思いがこもらないものになるのも当然かもしれない。形だけは純粋な日本風の駅舎を見るたびに違和感を覚えていた。

だから二条駅が建て替えになると知ったときも、四条烏丸の東京三菱《みつびし》銀行京都支店が建て替えになると聞いたときのようには惜しむ気にならなかった。

今その駅舎は、梅小路の蒸気機関車館に移築されている。移築された駅舎を見たとき、そこにあるほうが断然似合っている、と思った。梅小路に移され、駅舎はきちんと博物館としての役割を担《にな》い、雰囲気を盛り上げていた。腑《ふ》に落ちた。二条にあったときから博物館の印象だったのだ。

京都駅から嵯峨《さが》野《の》線に乗り、新しく建て替えられた二条駅に近づいたとき、柔らかな曲線で覆《おお》われた屋根のフォルムに目が吸い寄せられた。

ホームに下りて見上げると、アーチ型の天井、梁《はり》などすべて木造りで、曲線の美しさと相まって、暖かな空間に包み込まれているような安心感を覚えた。とにかく天井が高く、解放感がある。素材がコンクリートだったら、こんな感覚は得られなかったと思う。しかもデザインには、和の雰囲気が存分に盛り込まれていた。太い角材の梁は力強く、日本の民家そのものの雰囲気だし、駅を出て全貌《ぜんぼう》を見上げたとき、ホームを抱くようなフォルムのチャコールグレイの屋根がしっくりする。もし同じチャコールグレイでも、京風にしようと本物の瓦を使ってしまったら、斬新さが薄まっていたように思う。

何々風にしよう、という意図が加わった瞬間、デザインの価値はぐっと下がるような気がする。あるいは価値が異なるものになる。従来と同じにしようとか、伝統通りにしよう、とした場合も同じだ。

時間の中にいる限り、「今」必要とされるものは変化する。何々風ではなく、必然性を持って生みだされたデザインだけが時代を牽引《けんいん》する力を持つように思う。

私は京都のお寺を見ても、新しい二条駅のように心が和んだことがない。

仏教は思想としては西洋の宗教より肌に合うけれど、どこかの宗派に入ろうと思ったこともない。

ハードウエアとしてのお寺も、ソフトの部分の実際の活動も、伝統にがんじがらめになっているから魅力を感じないのかもしれない。思えば十代の頃から、どうしてお寺に違和感を持つのか、心に引っかかりつづけてきた。日本人なのに、と。

そして十数年前に韓国を取材旅行し、慶州に立ち寄ったとき不思議な感覚を味わった。そこで見た古いお寺には何の抵抗も感じなかったのだ。ほとんど修復された形跡もなく、風雨に晒《さら》され木の色も瓦の艶《つや》も褪《さ》めたお寺は、その場所にある必然を感じさせた。それで違和感がなかったのかもしれない。伝統とか文化財といった名目のために体裁を保つ補修がされていないこと、仏教が慶州の人たちの心情に合っていること、このふたつがお寺の存在を支えているように感じられた。

日本は、朝鮮、中国の影響を受けるとともに、南方の影響も色濃い。朝鮮や中国のお寺のデザインを真似《まね》た日本の寺院は、真似た時点ですでに日本の風景にそぐわない。同時に、南方系の影響を色濃く受けている日本人には、その感受性が寺院のデザインを拒否するのではないかと想像する。

慶州の風景に瓦屋根は似合っていた。

だが、日本の原風景は、瓦を受け入れる素地が薄いのではないだろうか。日本の風景に瓦は重すぎるように感じる。

鴨長明《かものちようめい》が『方丈記』の中で、平安京の街並みを「いらかを争う」と表現している。瓦は、仏教とともに東方から伝えられたが、そこには、お寺と同じような権威の匂《にお》いがする。

それに対して、茅葺《かやぶ》きや板葺きの屋根は、そのような匂いはしない。日本の風景と日本人の心情には、本来なら瓦よりもっと軽みのある素材が似合っているように感じる。

私の家は傾斜地にあり、二階の窓からたくさんの屋根が見渡せる。だが、ほとんどは瓦屋根だ。釉薬《ゆうやく》を塗って焼いたもの、素焼きのものと違いはあるが、重々しいそれらの屋根を美しいと思ったことがない。

数か月前、屋根を新しく葺き替えた家があった。それまでの瓦から、瓦風に見える軽い素材のものに変わった。瓦風のものは、色は瓦と似ているが、厚みがごく薄い。私は偽物《にせもの》は嫌いだが、本物の瓦のときより瓦風の屋根になった今のほうが見ていて違和感がない。

木と紙でできた家に、なぜ一枚でも相当な重さの瓦を葺くことになったのか。茅や板葺きより防災には有利かもしれないが、あそこまで重い必要はないように思う。時代のどこかで釦《ボタン》の掛け違いがあったのではないか、と想像する。あるいは、瓦はやはり「権威」の象徴だったのだろうか。

長く使われ続けてきたから、必ずしも優れているとは限らない。

平安神宮を模した前の二条駅。さりげなさと斬新さをあわせ持つ今の二条駅。新旧ふたつの二条駅は、そもそもデザインとはなんなのか、考えるきっかけを与えてくれる。

京都駅でしゃがんでみる

最近の若い子は、電車の中でも地べたでもどこでもしゃがむ、といわれて久しい。たしかに「ここ四十年ほど」そんな子どもたちは見かけなかった。電車の座席がふさがっていればつらくても立っていたし、コンビニの前にしゃがんでいる姿も見なかった。

私の子ども時代、立っていることは目上といわれる人への服従を意味した。小学校では毎朝朝礼があり、気をつけとか休めとかいわれながらずっと立っていた。夏が近づくと、貧血で倒れないように子どもながら創意工夫をこらし、目の前が黄色くなったり暗くなったりするのをこらえ、冬は冬で真っ赤になって疼《うず》く霜焼けに耐えた。

授業中のおしゃべりや宿題を忘れたときには決まって「後ろに立ってなさい」という叱責《しっせき》。

いま思えば、日本の大人から軍隊精神が抜けきっていなかっただけのこと。だけど、そんな大人に育てられた子どもたちも立っているのがいいこと、座るのは失礼、と刷り込まれてしまったようだ。

どこでもしゃがめる若い人を見かけるようになったとき、ようやく呪縛《じゅばく》が解かれたと感じた。

「ここ四十年ほどはそんな子たちを見かけなかった」と書いたのは、もっとそれ以前はみんな当たり前にしゃがんでいたから。

地べたにしゃがまなくなったのは、戦後の混乱が終わり、高度経済成長以降のことだ。なぜかそれが忘れられている。

日本人のほとんどが農業をしていた頃は、昼ご飯やお茶を畦道《あぜみち》に腰を下ろしてとったことも多かったに違いない。遠出をしてくたびれたら木陰に腰を下ろしたはず。

日本中いたるところ、しゃがんでオーケーの場所だった。

長い戦争の影響で、立っていることは座っていることより美徳であると思い込まされ、さらに未消化なまま欧米文化を取り入れたおかげで、地面に座ることがなにかとんでもなく野蛮なことだと感じるメンタリティーを形作ったのだと思う。

伏見区の城南宮では、春と秋、曲水の宴が催される。

平安貴族の遊びを伝えるもので、庭園に流れる曲がりくねった小川の汀《みぎわ》に座り、杯が流れてくる間に即興で和歌を詠《よ》むという風雅なもの。

十二単《ひとえ》など平安装束に身を包んだ歌人たちが、座っているのはござ。ござの下は地べただ。

ござ一枚挟んで地べたに座った途端、小川のせせらぎが耳に迫り、草と土の匂いが深々と吸い込まれ、自然とともにいる安らぎを感じるだろうと想像する。家の中に土間のある生活をしていた日本人にとって、地面はもっとも身近な自然だった。

コンビニの前でしゃがむのも、きっとささやかな遊びだ。けれど今の子どもたちがしゃがむのは、土や草の匂いのないコンクリート。そんな場所しか用意できない大人の側が彼らに恥じてもいい。それとも恥の心が、非難という形を取らせているのだろうか。

先進国の多くの都市は、自由に人々が憩《いこ》える広場を持っている。それぞれが好き勝手に腰を下ろし、むしろそれは都市としての成熟を感じさせる光景に映る。

京都駅が新しくなり、駅周辺にようやくはじめての「広場」ができた。

屋上まで続く大階段には、若い人も親子連れも高齢者も日がな好き好きに座っている。駅という公《おおやけ》の場のしかもメーンスペースにそのような空間をつくっただけでも京都駅は価値があると思う。空に続く広大な空間は、町家と同じように、建物と自然を交流させせる。人が行き交うだけの貧しい日本の駅の概念を京都駅はひっくり返してくれた。

京都人にはこの駅を「なんて京都に不釣り合いなんや」という人もいれば、「建物として楽しめるからええやん」という人も結構いる。

私は中途半端《はんぱ》に京都らしさを取り入れなくてよかった、と感じている。「らしさ」を意識した途端、面白味が失《う》せ陳腐になると思うから。

屋上に刻まれた設計者のデザインコンセプトによると、十分に京都を意識して建てられた駅らしい。書かれてあることは理屈では理解できないこともない。けれどどこをどう眺めても、なんて好き勝手につくったんだろう、という感慨のほうが勝る。

おそらく世界中探しても似通った建築物はないだろう宇宙空間的な京都駅。百年たったとき、いったいどんな評価が下されているのか、と空想するのも楽しい。

どこに腰を下ろしたっていい。疲れたからしゃがむ。立っていたくないから座る。

自然の欲求に逆らい続けた軍隊精神に、いいかげんピリオドを打とう。

教育の場に贅《ぜい》をかけるということ

平成四年から九年にかけ、小学校の統廃合のニュースが新聞の京都版を賑《にぎ》わせていた。上京《かみぎょう》、中京《なかぎょう》、下京《しもぎょう》とも、子どもが激減し、この間、なんと十九もの学校がなくなった。

廃校にともなって頭を悩ませたのが、各学校に所蔵されている夥《おびただ》しい数の日本画、洋画、陶磁器などの美術工芸品の存在だ。上村《うえむら》松園、竹内栖鳳《せいほう》、堂本印象の日本画、北大路魯《ろ》山人《さんじん》、河井寛次《かんじ》郎《ろう》の陶器など、約二千点の新たな所蔵先を見つける必要に迫られた。

京都以外の人間にしたら、そもそもなぜ公立の小学校にそんな著名人たちの作品があるのか、といぶかしく思う。だが京都では、昔から名をなした作家が母校に作品を寄贈するのは当たり前のことだったそうなのである。

それで、それらの作品も府や市の美術館に移すなどという案は出ずに、あくまで学校の所蔵品として残す方法が模索された。

京都では、小学校は地元のもの、という意識が今でも強い。学校の所蔵品は地元の財産なのだ。

小学校の存在そのものが、成り立ちからしてよその地域とまったく違うせいだろう。いまでも、天皇は東京にちょっと出かけただけでいつか戻ってくる、と信じている京都人は少なくない。明治になっての東京遷都《せんと》は京都の人にとり、それほどショックな出来事だったのだ。喪失感と経済的な打撃を一度に被《こうむ》り、彼らは街の再建と自らのプライドの再構築のため、産みの苦しみを味わったに違いない。

そこで考えられたものこそ日本で最初の学区制の小学校なのである。京都の中心部を六十四の学区に分け、住民がお金を出しあい校舎を建て運営をはじめた。

教室は男女別だった。授業料はただなので、やる気さえあれば誰でも通うことができるいわば町営の小学校ができたのである。

国語、算数、日本画は低学年からあり、商売や友禅など職人の仕事にも役に立つカリキュラムだったようだ。

敷地内には地元のための会議所や展示場、火の見やぐらなどもあり、まさに小学校は町内の子育ての場でありサロンでもあっただろう。

今回の統廃合で、美術品を市や府の既存の美術館に渡すつもりなどなかったのもうなずける。そこで、廃校になった開智《かいち》小学校が学校歴史博物館として生まれ変わり、各小学校の美術品を預かり、展示する場になった。

開智小学校は、下京区の御幸町通《ごこまちどおり》にある。町家の残る地帯でも、ひときわ古い瓦葺《かわらぶ》きの門が入り口である。つい最近までこのお寺のような門をくぐり登校していた子どもたちがいたのだ。

校舎は昭和十一年から十三年にかけて建て替えられた鉄筋三階建て。地元の名士から当時のお金で十二万円の寄付があったという。

入ってすぐ、玄関の床に目が吸い寄せられた。くすんだブルーと白のタイルが敷き詰められている。廊下に続く階段にも同じタイルが敷かれているが、つま先のかかる端の部分十センチほどは、角が丸く削られた分厚い木が継ぎ合わせてあり、転んでも怪我《けが》しないように配慮されたデザインになっている。

年月を感じさせる飴色《あめいろ》に変色した腰板といい、タイルと木の組み合わせがなんとも品よい雰囲気を醸《かも》しだしている。

ここに通った子どもたちは、その胸に美的センスやそれを与えられることの喜びなど、勉強以外のものも蓄えて巣立っていったのだろうな、とふと思った。

中京区の室町通に、やはり廃校になり、京都芸術センターとして若手アーティストの育成の場になっている元明倫小学校がある。建物は昭和六年に建て替えられた鉄筋三階建て。当時、室町は呉服産業で潤《うるお》っていたということもあり、目標の寄付金があっという間に集まり、結局、全額地元の人からの寄付で建てられたという。

黒光りする木の壁や引き戸、そして中庭にグラウンドが配置されているところもなんとなく洒落《しゃれ》ていて、アンティークとしての鑑賞にも十分堪える。教室のひとつは畳敷きで、作法室として使われていたらしい。

美的であること、そして、子どもに対する大人の配慮が伝わること。勉強する場にそのふたつのものが存在したことに、言い知れない豊かさを感じる。

それは私自身が教育を受けてきた東京・中野区の学校にはなかったものだからかもしれない。

それでも小学校に入学したときは、少しは自分の通う学校に誇りを持っていた。階段状の観客席があるグラウンドが、プロの使う競技場のようで、そこに愛着を持っていた。けれど新校舎建設とともに観客席は埋め立てられ、ただ平らな、どの学校とも同じグラウンドになり、幼心にとても落胆した覚えがある。そんなひとりの子どもの気持ちなど、誰も想像もしなかっただろうが。

だが、子どもは大人たちが自分たちを大切に思っているかどうか、あらゆる事象から感じ取るものだ。画一的でおざなりのデザインの校舎やグラウンドしか手に入れられなかった子どもは、成育過程で大切なものを受け取り損ねることにならないだろうか。

低学年まで学んだ教室は、腰板に緑のペンキがべったりと塗られていて、それを目にするのが苦痛だった。当時、緑は目にいい、と喧伝《けんでん》されていたからそんな色を塗ることになったのだろうか。校舎のいたるところに緑が多用されていた。せっかくの木造校舎だったのに、無垢《むく》の木肌の美しさとは無縁のしつらいだった。

その後建てられたコンクリートの校舎は、デザインというものを見いだすことすらできない無味乾燥な四角い箱。そのくらい子どもに対する思いのこもらない建物だったように記憶している。

周囲から配慮されたり尊重されたりしてこそ、人は本来の力を発揮して育つことができる。

日本の家がなぜ貧しく感じられるかといえば、そこに作り手の心がこもらないからだろう。いい換えれば伝統の継承がないから。伝統を踏まえた上での斬新《ざんしん》な表現がないから。

美的でもなく、工夫や愛情のこもらない校舎で知識を詰め込んでみても、子どもは敏感に感じ取るだろう。本来の知的成長など自分たちに期待されていないことを。校舎を建て替えるのは大変だ。けれどあらためて近くの学校の校舎を見回してほしい。グラウンドを見てほしい。

そのデザインに、子どもへの配慮があるだろうか。思想のない建物は、そこで過ごす人間をも空っぽにすると思えてならない。

地元の大人が地元の子どもたちのために作った京都の小学校に足を踏み入れ、子どもを育てるということの原点を見つめさせられた気がする。

柾目《まさめ》の板とフローリング

雑な生活をしているなあ、とコートに袖《そで》を通しながら思う。身につけている何もかもが既製品なことに気がついて。住んでいる家からして既製品だし、その中にこまごまと既製品を運び入れて暮らしている。

そんな生活を、もう数十年も続けてしまった。

身のまわりには自分の手づくりはもちろん、誰かのハンドメイドもほとんどない。もともと日本人は手先が器用な上にセンスもずば抜けていた。そしてそんな手づくりの物に囲まれて暮らしていたのは、なにも遠い昔の話じゃない。昭和三十年代までは、着る物はまだ手づくりが普通だったように思う。

親戚《しんせき》や近所で裁縫が得意な人がほかの家の洋服までつくり、物を通して人と人とが繫《つな》がり合っていた。そんなゆるやかでありながら確かな繫がりがほかの家との間にあった。

いま、仕事上のストレスの一番の原因は人間関係だろう。昔なら物づくり、つまり職人として生きるタイプの人まで否応《いやおう》なく会社に勤めているとしたら、ストレスが溜《た》まるのも無理はない。人づき合いが得意じゃなくても、少し前の社会ならそれも個性だった。職人として自信をつけ、精神的にも経済的にも自立して生きられたはず。だけどいまは人づき合いがすべて。そこで躓《つまず》いたら、即、生きていくのが困難だ。家にいる主婦の心配事も近所づき合いや親戚づき合い、子どもの友人関係ではないだろうか。

物づくりから離れたことで気持ちはすぐに人間に向かい、その上、物を介した触れ合いがなくなったことで、人との間に緩衝地帯がなくなってしまったように感じる。身のまわりに手づくりのものがなにもない生活が、そもそも不自然なのだと思う。しかも目にする既製品は、日本の伝統を踏襲しているどころか、デザインのルーツさえ感じられないものばかり。

中学生のころのこと。洋服を作るのが好きで、時々、中野ブロードウェイまで生地を買いに出掛けた。でも行くたびに、天井から吊《つ》るされたり棚に並べられたたくさんのプリント生地を見て困惑した。いったい、どこからどう捻《ひね》り出せばこんなプリント模様になるんだろう、と感じて。

無造作に色をちりばめるとか、もしくは子どもに落書きをさせたほうがまだましなんじゃないか、と思える模様。何をどう企《たくら》んだらいいかわからず、とりあえず線を引いてみました、といった感じの意味のないプリント。店の中はそんな生地で溢《あふ》れていた。

服地はひとつの例に過ぎない。身のまわりにあるあらゆる既製品はそんなふうに適当にできている、といったらいい過ぎだろうか。

いま日本人はひどく苛立《いらだ》っているけれど、苛立ちの原因は物づくりを手放したこと、そしてあまりにもいい加減につくられた既製品に囲まれていることにもあるのでは、と感じる。

この夏、先斗町《ぽんとちょう》の鴨川《かもがわ》畔に佇《たたず》む片泊まりの宿に泊まった。朝食だけで夕食はつかないので片泊まり。夕食には仕出しを給するお茶屋の名残りであり、その宿も先代まではお茶屋だったそうだ。

いまのあるじは建築家でもあり、壁は舞妓《まいこ》の高価な着物が傷《いた》まないように滑らかな特殊な塗りなのだとか、窓ガラスはいまでは手に入らない職人の手づくりだとか、いろいろ教えてくれた。

工業製品の住宅とは違い、どこを眺めてもつくり手の技の巧みさ、血の通った温かさが伝わりほっとできる。

窓枠や廊下の木肌は、ついいつまでも眺めてしまう。築百年だというのにどこも明るく新しいままのような色でつるつると光っている。先代が絹におからを包んで磨いていたという手入れの賜物、そして「柾目だから」なのだそうだ。

そういえば子ども時代にはよく「柾目」「板目」という言葉を耳にした。それがいつの頃からか、まったく聞くことがなくなっている。

つい数十年前まで、日本人はそれぞれの木の性質を読みとり、水拭《みずぶ》きしたり乾拭《から》きしたりというように手入れの仕方を変える感覚を身につけていたのだ、と思い出す。いま家の中を見渡しても、そうした感覚を呼び覚ましてくれる木がひとつもない。本当にひとつも。

床は合板のフローリング、天井は、洋間はビニールクロス、和室は柾目に似せた化粧合板、壁は全部ビニールクロス。これが私が住んでいる家のすべてだ。

小学生の頃、よく母と廊下の雑巾《ぞうきん》がけをしたものだ。固く絞った雑巾で何度も行ったり来たり。廊下の木は水を含むといい匂《にお》いがして、拭きあがったときにはすがすがしい気分を与えてくれた。

フローリングの床をいくら雑巾で拭いても、労力に応《こた》えてくれるそんなご褒美《ほうび》はない。埃《ほこり》や汚れは取れるけど、ぴかぴかに磨いたって愛着は湧《わ》かないし、気持ちがしんと静まるなんていう余禄《よろく》はない。

そんな家で既製品の洋服をまとい長いこと暮らしている。

時々、危機感からか飢餓感なのか発作のように「何かつくりたい」という気持ちがむくむく湧いてきて困る。あれもつくろうこれもつくろうと、疲れるくらい妄想してしまう。そして結局は妄想のまま終わるのだ。

ゆったりとした気持ちがなければ、ほんのささやかな物さえつくれない、とそのたびに思い知らされる。

だからこそ、ゆったりした生活を取り戻さないといけない。

川床はおままごと

自分が産み落とした赤ちゃんに驚いて、ギャッと叫んで飛びのいたという話が新聞に載っていた。研究用に飼育されているゴリラの話。でも他人事《ひとごと》じゃない、というか特殊なゴリラの話ではすまないような複雑な気分が残った。

私も似たものだったと思い出したから。

出産後、病院から赤ちゃんを家に連れ帰り、ひと月近く抱くのが怖かった。夜中、薄暗闇《くらやみ》の中で授乳しているときなど、一心に私を見つめてくる澄んだ瞳《ひとみ》に心の芯《しん》が震えさえした。

何で怖いんだろう、とそのときは全然わからなくて心の中で必死に赤ちゃんに謝っていた。でも今頃になり、ああそうだったのか、とわかってしまった。

生活のスタイルも風景も、自然からあまりにもかけ離れた生活をしているなかに、突如、丸ごとの野生が闖入《ちんにゅう》してきたからなのだ、と。

人間も自然の一部のはずなのに自然からあまりに遠い存在になっていて、その遠さといったら気づかないうちに異物として排除してしまうほどになっていたということだ。

些細《ささい》なことで子どもを叱《しか》り飛ばしている親をしょっちゅう見かける。こんなに苛々しながら子育てする国はないと統計にもでてしまっている。

仕事、人間関係、食べることなど生きる根幹を効率任せにしてきたせいで、私たちのなかにあった自然と共鳴しあう部分が衰弱しきってしまったのだと思う。

喜怒哀楽をストレートに表わす幼児は、コントロール不能の野生児。手つかずの自然といってもいい。

自分のなかから野性が抜け落ち、身近にコントロールできない野生のままの自然も持たない大人には、赤ちゃんや幼児が脅威に映っても不思議じゃない。

先日、川音に惹《ひ》かれて三条大橋を下り、鴨川の岸にしばらく腰を下ろしていた。すぐ目の前に小さな中洲《なかす》があり、鴨が数羽毛づくろいをしたりなにやら小さく鳴きあったりしている。その手前を悠然と体をくねらせて土色の巨大な鯉《こい》が横切る。

なんだかいいようのない懐《なつ》かしさを感じ、同時に体の中から疲れきった私が出て行って、新しい私が飛び込んできたような開放感をおぼえた。思いがけなく目の前に現れた手つかずの風景は、人工的になってしまっていた心と体を一瞬で自然へと連れ戻してくれたみたいだった。

いまでは、何かあると川原に出掛ける。宇治川の勇壮な流れは小さな思い煩《わずら》いを吹き飛ばしてくれるし、渡月橋あたりの桂川《かつらがわ》は童心に返してくれる。鴨川は、ゆっくり考えながら気持ちを整理するのにいい。

でも、川ならどこでもいいというわけではないと、最近知ってしまった。

北陸の山奥なのだが、船で川を三十分も遡《さかのぼ》って辿《たど》り着く一軒宿の温泉に出掛けたときのことだ。満々と満ちた川を少し行けば、もう両岸の木々と水しか見えない異界の雰囲気。

宿に着いて通された部屋は、角の二方向に窓があるので、まるで川の真ん中に佇んでいるみたいに感じられる。崖《がけ》の岩場につくられた露天風呂《ぶろ》にも、圧倒的な水量の川が眼前に迫る。

こんなに水辺に近い宿に泊まるのは初めてだった。だからどこよりも安らげるはずだった。なのにちっとも気が晴れない。それどころか落ち着かない気分になっている。本当は船に乗っていたときから気がついていたのだ。

川面《かわも》は翡翠《ひすい》みたいに木々を映したままそよとも動かない。下流で堰《せ》き止められダムと化した川は、少しも流れずにそこにあるだけ。潤沢な水は、流れない、というただ一点でその魅力を根こそぎ奪われ、まるで途方にくれているみたいだった。

水は流れていなければ価値がないのだと、あらためて思う。とくに山国の日本では、きっと古来から渓流を愛《め》で、滝の音からエネルギーをもらって生きてきた。流れる水こそが、日本人の水の記憶の原点なのだろう。

京都の人は、そのことを熟知している。

五月一日から九月いっぱい、鴨川と貴船川《きぶねがわ》に川床がしつらえられる。川の流れの真上に座敷をつくり食事をするなんて、おそらく京都以外ないと思う。

鴨川の川床は一六〇〇年代の発祥で、いまはおよそ八十軒ほどの床が出ている。イタリアンやビアレストラン、カフェもあって気楽に入れる床が多い。目の前に広がる川原の広い空間はなにより開放的な気分にしてくれるのがいい。

貴船の川床はまったく趣きが異なる。

「藪《やぶ》入り」のときに近隣の人をもてなす風習としてはじまったといわれていて、二十軒ほどの床はどこも鱧《はも》の塩焼きがついた京料理か京料理風。

出掛けた日は、あいにく雨が降ったりやんだりという天気だった。各料理屋は床を出そうかどうか思案している。

渓流に板を渡してござを敷くのだけれど、雨が降るたびにいちいち板まではずしていたとは意外だった。こういう手間を、京都の人はまったくいとわない。

そうこうするうちに半分ほどの店が川床をしつらえ、そのうちの一軒に入ることができた。

座布団《ざぶとん》に腰を下ろしたとたん、異次元だ。

床すれすれに急流が走り、川音に全身が包み込まれる。まわりはただただ鬱蒼《うっそう》とした森。シダなど夥《おびただ》しい原初的な植物が背後から迫る。とつぜん野生に放り込まれた気分。

なんてことするの京都人、と思ってしまった。まるで壮大なおままごと。

だいたい京都では水羊羹《ようかん》は竹に流し入れるし、そうめんも半分に割った太い竹に盛りつけたりする。それを上品そうと感じていたけれど嘘《うそ》だった。上品というより無邪気なのだ。それとも無邪気だからこそ風流になれるのだろうか。

自然と一緒に生きていられた子ども時代を、京都の人は大人になっても持ち続けているのかもしれない。

京都人の強さは、コントロール不能の子どもの強さだったのである。

あとがき　京都があってよかった

戦後、日本人の最大の関心事は、家を手に入れることだった。昭和三十年代に鉄筋コンクリートの団地が建ちはじめ、地方から来た家族は競って入居した。

小学生の頃、団地に住む友だちの家によく遊びに行った。玄関を入るとすぐに小さなキッチン。無理をすれば小振りのテーブルと椅子《いす》が置けるスペースで、ダイニングキッチンの走りだ。

奥には和室が二間振り分けられ、一方には応接セットが置かれ、家族五人はもう一方の和室で一緒に寝起きしていたと思われる。水洗トイレが珍しかったが、水を流すのは一日に数回。おやつに出してくれた飲み物は、レモンを一、二滴たらした砂糖水で、それがとてもおいしかった。

ほとんどが中流になってみると、団地や借家住まいならそこからの脱出を、持ち家のある人は建て替えを目標に走りはじめた。

そうして建てられた家は、木肌をさらした家からモルタル外観の家になった。それまでなら庭に充《あ》てられたスペースまでいっぱいに家が建てられ、庭がないから縁側も必要なくなった。かわりにリビングダイニングルームが登場した。家がモルタルになると同時に板塀《いたべい》や垣根はブロック塀になったが、その時、どちらが本当は美しいか、個人個人斟酌《しんしゃく》しただろうか疑わしい。

木造住宅は、手入れさえすれば百年以上住める。百三十年たつ京都の町家は、特別な工法を使って建てられたわけではない。町家の修復や改装に取り組んでいる棟梁《とうりょう》は「火事、地震、虫の害」にさえ合わなければ何百年でも持つ、という切る。

新しい家を得るために、私たちが使ったエネルギーは膨大だ。ローンを借りたり返したりといった金銭を調達するためのエネルギーはいうまでもないが、家を買わなければ、建て替えなければ、と思いつめて精神面に費やしたエネルギーの大きさは計りしれないように思う。

しかもそれらのエネルギーは、自分たちが長い年月をかけ築いてきた住まいの形を恥と見なし、それを壊すことに使われたことを忘れてはいけない。

いわば、自分たちの精神の風土を否定するために、必死になってエネルギーを放出し続けた数十年だったのである。

いま、私たちは疲弊している。疲弊の理由はまさにそこにある。

風が通り抜け、四季を目でも耳でも肌でも感じられる作りだった日本家屋。戦後、私たちは、なぜ、それらを壊さずに丁寧に修復したり、その美点を継承した家づくりをしてこなかったのだろう。

芝田泰代さんはいった。「伝統があればそこに付け足すだけで個性が出せる。だから楽なのだ」と。

私たちは、わざわざ大変な生き方を選んでしまった。

京町家には、畳の上にじゅうたんを敷いてテーブルと椅子を置いている家も多い。床の間のあるリビングルームやダイニングルームは優雅であり、何より遊び心がある。じゅうたんは、ペルシャ製など高価なものが敷かれていたりする。

家を建て替えるために莫大《ばくだい》な資金を使っていない分、本当にそこに住まう人の目を楽しませる調度類を身近に置くことができるのかもしれない。古いものは改良し、新たに付け足す。そんな無理をしない暮らし方をしていたら、日本人の持つエネルギーは別の方向に発揮されていただろう。

戦後五十数年生きてきた日本人は、その内面において変革を試みただろうか。いま、日本は世界の基準から大きく遅れはじめている。たとえば企業に対する忠誠、結婚へと駆り立てる風潮、シングルマザーを許さない家族神話、いまだ管理的な教育システム。

ヨーロッパ先進国では、実験を繰り返しながら働き方は着実に働き手本位のものになりつつあり、家族の枠組みにおいては劇的ともいえる変化を見せた国も少なくない。

日本人は家と身のまわりを飾るものばかりを追い求め、内面から目を逸《そ》らしつづけてきた。その外観を一挙に変えすぎたために、あえて内面をそのままに置くことで帳尻《ちょうじり》を合わせようとしたとさえ思える。あるいは、内面の成熟に向けるエネルギーなど微塵《みじん》も残されていなかったのだろうか。

おそらく両方なのだろう。

日本は取り残されてしまった。子どもを産めない、産みたくない環境、機能不全に陥っている教育の現場、児童虐待《ぎゃくたい》、「いじめ」そのもののポルノグラフィ、セクハラ、ドメスティック・バイオレンス、企業モラルの崩壊、そして地に落ちた政治。それらすべては、内面の成熟と変革に取り組まなかった戦後の日本人の生き方が反映されたものだ。

古い枠組みを変えるには、内的冒険をともなう。冒険だから、あるいは痛手を被《こうむ》るかもしれない。しかし、内的変化があっての生活といえないだろうか。

外だけ変えて中は変えない、というほうに無理があったのだ。むしろ逆でいったほうが自然の法則に適《かな》っているだろう。外観は、中身が変わればおのずと変わらざるを得ないのだから。

そうした生き方をしていたら、今、窓の外にはどんな家並みが広がっていただろうと想像すると悲しい。

これからやれることは、すでにあるものをできるだけ大切にし、捨てないで使い切ること。修繕を重ねながら改良すること。

京都人と親しくなるほどに、なんて東京の人間と違うのだろうと感嘆しながら過ごしてきた。

ものの価値を決める。買う。自分なりに生計を管理する。人を評価する。そんな生活者として持つべき当然のプライドを、多くの日本人は企業や他人の思惑に委《ゆだ》ねてきてしまった。ところが京都の人間は、どんな些《さ》細《さい》な決定も主体であることを露ほども手放す気がないのである。

「この苺《いちご》、甘くないなあ。いつも買《こ》うてるのにこんなん売らはって。今度文句いわなあかん」と京都の知人はいう。

東京にいた頃の私なら、いつも買ってる店だからこそ「いわないでおこう」になっていたはずだ。

些細なことだけれど、些細な表現の積み重なりが生活であり、内面を形作る。何事にも主体的な京都人は、おそらく東京の人間より他者から愛される必要を感じていないのだろう。だから他人に惑わされにくく、逆に堂々と批判をする。

京都人は、揺るがずに「自分が一番」なのだ。

自分の喜びのために周りの人間がいて、日々の生活がある。はんなりとした表情のすぐ裏には、生命力旺盛《おうせい》な野性的精神があふれている。京都スタイルとは、五感と自己肯定感に裏打ちされた野性のスタイルだ。日本の中に「京都」があってよかった。

この本を執筆するにあたり、貴重なお話をしてくださった林孝治さん、杉本千代子さん、芝田泰代さん、松村篤之介さん、白石孝昭さん、伊藤貞昭さんに心よりお礼を申し上げます。また、石井信平さん、大薗友和さんの友情に感謝いたします。

二〇〇二年五月

文庫版のためのあとがき

京都に行こうと決めたころ、私はかなり空っぽだった。正確にいうと、空っぽでも生活しないとならないから場所を移してみた。

けれど、とんでもないところに来てしまった。

京都は狭いながらも都市の体裁をしている。なのに街中のどこを歩いていても背景に山が控える。雑踏に疲れて鴨川《かもがわ》の岸に降りれば野鳥たちの楽園のような中洲《なかす》が目の前にあらわれ、すぐ足元の水中を土色の巨大な鯉《こい》が悠然と横切る。

そのうち京都の人とつき合うようになると、何この人たち、といちいち驚き、そして何年もかけて彼らの家に上がらせてもらえるようになったころ、わかってしまった。京都に暮らす人が、なぜそんなに自信満々か。

そして東京で空っぽになった私は京都でしか回復しないということも。

都会から田舎に移り住むのがはやっている。実際に移り住んだ人の満足そうな体験談も目にする。水田や林が広がる風景はたまに見るにはリフレッシュになりそう。でもそうした田舎に住んでも、きっと私は満たされなかった。物心ついたときから自然が破壊されていく姿を間近にし、なおかつどんどん便利になる生活を享受《きょうじゅ》して育った。だから、自然と共存しながらでも文化や芸術や進歩といった人としての欲望を深めることができる、と証明しないでは満たされないのだ。

小学校低学年のころがまさに高度経済成長に勢いがついた時期で、私が住んでいた東京の中野区でも次々に大規模開発が進められていた。

遠くまで遠征するようになったある日、真新しい団地の裏に沼を見つけた。そこになんとはじめて目にする自然のままの蛙《かえる》がいた。その瞬間、あたりの時間も空間も変化した。それくらい満たされた経験だった。つかまえた蛙を掌《てのひら》に包み、感触をいとおしみながら家に戻った記憶がある。

けれどそれはたった一度きりの体験だった。しばらくしてまた行ってみると沼は跡形もなく、目の前には埋め立て用の赤茶けた土が広がっているばかり。

小学校では、どういう趣旨だったのか何度も「昔の学校のまわりの風景」といった八ミリフィルムを見る時間があった。昔といってもほんの数年前なのは先生が変わっていないのでわかる。

そこには憧《あこが》れの小川で遊ぶ小学生たちの姿があった。岸辺には草が茂り、土や砂利の上を直接水が流れている。水に足を浸している子どもたちがいた。

妙正寺川ですよ、と先生はいう。私が知っている妙正寺川は、岸はコンクリート製、そしてどこまで歩いても鉄の柵《さく》がつづき、底の方にほんの少し水が流れているだけの川のはず。

ほんの数年前の姿を知ってしまったとき、少なからず傷ついた。まわりの誰も小川を残そうとしてくれなかったことに。

小川と並んで原っぱも憧れの対象だった。一度でいいから原っぱを思い切り駆けまわりたい、寝転がったりもしたいと、夜眠る前、何回空想したかわからないくらい。

大人たちはそんな子どもの思いなど気にもとめなかっただろうけど、私はいくつものそんな経験をして成長した。

小学校中学年での遊びはプラスチック工場から出る廃棄物の物色、取り壊された銭湯の廃材の山でタイルを拾うこと……。小川や原っぱを諦《あきら》めた子どもの、それが代わりの遊び場だった。

自然を犠牲にしてそこに新しいものを作るのは人間の宿命だ。けれど自然を犠牲にするなら、せめて犠牲にするだけの価値があるものをつくろうという意識くらい持ってよかったのではないかと思う。

京都には、自然とどう関わり、それを生活の喜びにし、さらに手を掛けることで洗練を極めるか、その手本が残されていた。

鴨川や貴船川《きぶねがわ》の川床、五山を利用した送り火、嵐山《あらしやま》の灯籠《とうろう》流し、各寺院での護摩焚《ごまだ》きや火祭り、お雑煮《ぞうに》を炊《た》くおけら火など、火や水、山や川といった自然の恵みが毎日の暮らしに当然のように活《い》きている。

町家に住む人は、柱や障子の桟《さん》の色は歳月によって変わるからこそいいのだという。そこが東京の人間と決定的に違うところだ。

古くなったからという理由では箸《はし》一本捨てることなく、逆に物は手元に長く置けば置くほど価値があがると信じているみたいだ。つまり自分の持ち物の価値を日々自分で高めながら暮らしている。堂々と、安心して暮らしていけるはずだ。

町家の座敷に通され庭や床の間や季節の建具などを眺めるたび、なんて工夫と遊びに満ちた住まいだろうと感じる。工夫や遊びとは、自然と戯《たわむ》れるための工夫であり遊びだ。伝統とは自然との真剣な対話の積み重なり。京都人の強さは、自然とともに生きている強さだった。

文庫版は単行本と違う筆名で出版させていただくことにしました。

これまで何回も姓が変わり、またふるさとと呼べるものがないことが心もとなかったのです。自分が自分のふるさとになろう、名前もつけてやろう。数年前、不意にそんな思いがして、以来「甘里《あまり》君香《きみか》」の筆名で仕事をしています。

京都での暮らしは、ふるさとを取り戻す旅でした。

私はふるさとで遊びたかったのです。

文庫版『京都スタイル』をお読みいただきありがとうございました。

何らかの新しいスタートを共に切れたとしたら、それ以上のしあわせはありません。

楽しい漫画解説を描いてくださったグレゴリ青山さんにも感謝いたします。

二〇〇五年七月

甘里君香

京都人のお買い物
グレゴリ青山
あ帽子安売りしてる
見て行こ
うん
グは京都生まれで京都育ちの京女.
帽子
半額
たまに京都人の友達と買い物をすると
う～ん
その友人は、
う～ん
表示見てる
さんざん迷ったあげく、
やっぱりやめとくわ
あそ
と、言って買わないことが多い.
帽子
半額

そう、それがたとえバーゲン品であろうと、
う〜ん
また別の京都人の友達→
あっちの売場見てるで〜
う〜ん
……
5分後
う〜ん
表示を見てる→
10分後
まだ迷ってる……
リサイクルショップ
200円均一
どうすんの?
やっぱりやめとくわ
なんかエリぐり広すぎやし
リサイクルショップの200円の服であろうともだ、

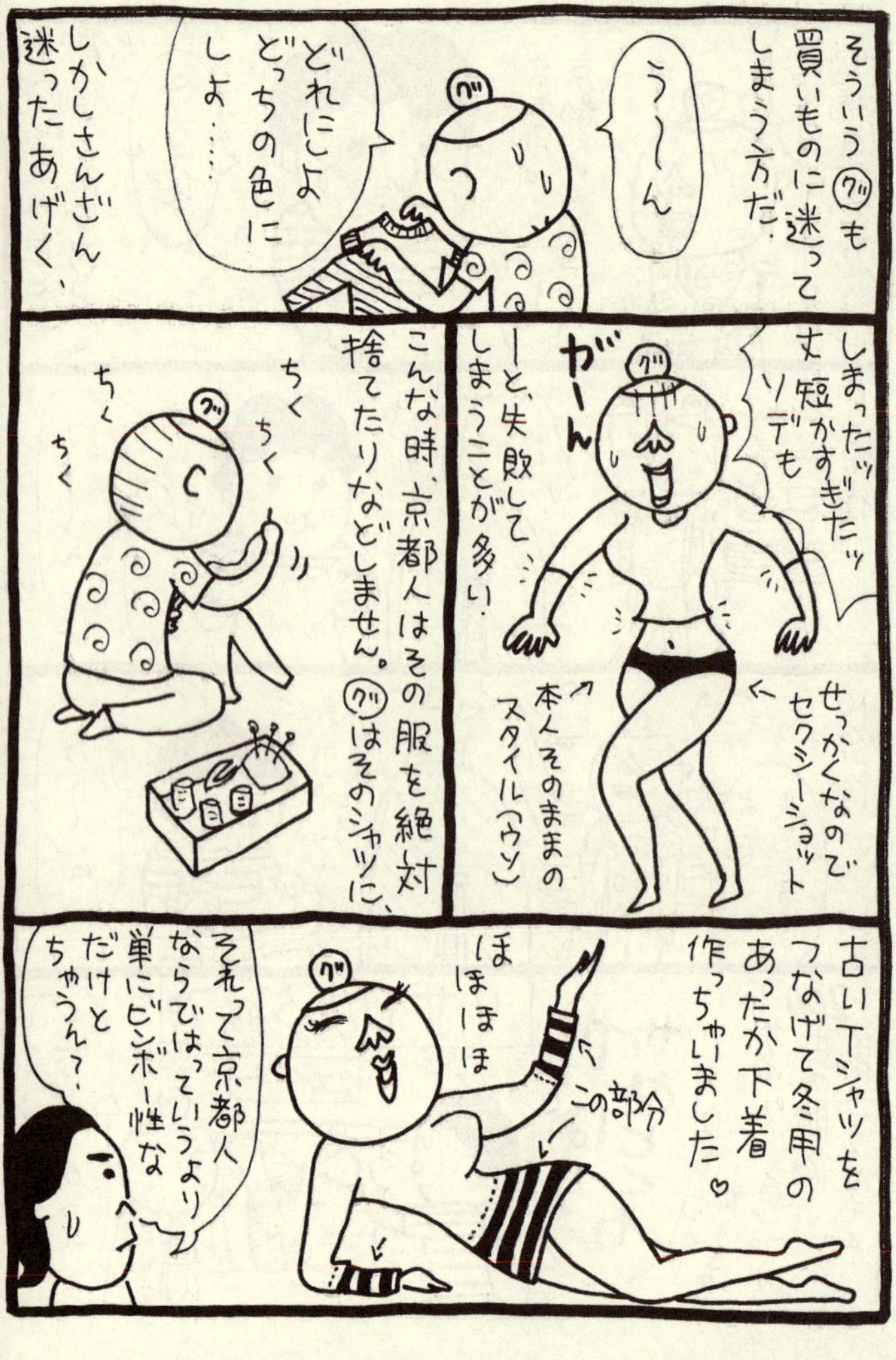
そういうグも買いものに迷ってしまう方だ。
う〜ん
どれにしよどっちの色にしよ……
しかしさんざん迷ったあげく、
しまったッ丈短かすぎたッソデも
が〜ん
…と、失敗してしまうことが多い。
せっかくなのでセクシーショット
本人そのままのスタイル(ウソ)
こんな時、京都人はその服を絶対捨てたりなどしません。グはそのシャツに、
ちくちくちく
古いTシャツをつなげて冬用のあったか下着作っちゃいました♡
ほほほほ
この部分
それって京都人ならではっていうより単にビンボー性なだけとちゃうん?

でも針仕事ではどうにもならない、
似合わん……
←ピンクの花柄
このスニーカークツずれがひどくて歩けへん～～
あぁ～
ギンギン
なんていう、失敗した買い物は、
泣く泣く友達にあげる。そんな時京都人の友達は、
いやーサイズぴったり♡
やったー
と素直によろこんでくれるのでありがたい。
そう、京都人はもらいもの上手。
このブラウスありがとー
このスカートももらいもんやねーん
このカバンは近所のオバちゃんにもろてん～
やたら→知人から"お下がり"をもらえる体質で、めったに自分で服を買わない京女
でも、このクツありがとー♡
毎日はいてるねんホラホラ
へえ～よかったなあ
くっそーけっこう高かったのに
それはそれでなんだかくやしい京都人であった。
必要以上によろこんでみせるいけず京女

この作品は平成十四年六月毎日新聞社より濱田由利著『京都スタイル』として刊行された。文庫化にあたり「柾目の板とフローリング」（「リンカラン」1号・4号に掲載されたものに加筆）、「川床はおままごと」（「リンカラン」2号・3号・7号に掲載されたものに加筆）を付け加えた。

新潮文庫最新刊

星新一著
天国からの道
単行本未収録作品を集めた没後の作品集を再編集。デビュー前の処女作「狐のためいき」、1001編到達後の「担当員」など21編を収録。

星新一著
ふしぎな夢
『ブランコのむこうで』の次にはこれを読みましょう！　同じような味わいのショートショート「ふしぎな夢」など初期の11編を収録。

最相葉月著
あのころの未来
―星新一の預言―
人類と科学の関係を問う星作品を読み解き、立ち止まって考える、科学と僕らのこれから。星新一の思想を知り想いを伝えるエッセイ。

平野啓一郎著
葬送 第二部（上・下）
二月革命が勃発した。七月王政の終焉、共和国の誕生。不安におののく貴族、活気づく民衆。時代の大きなうねりを描く雄編第二部。

藤田宜永著
転々
「百万円払うから一緒に散歩しろ」謎の男に誘われて東京の街を歩く青年。道中の出来事が彼の運命を変える。傑作ロード・ノヴェル。

ヒキタクニオ著
鳶がクルリと
鳶って何なの？　ビジネスの世界から一癖ある鳶職人の集団へ迷い込んだ若き女性――。鳶達の心意気に気分も爽快、日本晴れだ！

京《きょう》都《と》スタイル

新潮文庫 あ - 51 - 1

平成十七年九月一日発行

著者 甘《あま》里《り》君《きみ》香《か》

発行者 佐藤隆信

発行所 株式会社 新潮社

郵便番号 一六二―八七一一
東京都新宿区矢来町七一
電話 編集部(〇三)三二六六―五四四〇
読者係(〇三)三二六六―五一一一
http://www.shinchosha.co.jp

価格はカバーに表示してあります。

乱丁・落丁本は、ご面倒ですが小社読者係宛ご送付ください。送料小社負担にてお取替えいたします。

印刷・三晃印刷株式会社 製本・加藤製本株式会社

ISBN4-10-120041-6 C0195